岩 波 文 庫

32-434-0

トニオ・クレエゲル

トオマス・マン作
実 吉 捷 郎 訳

岩 波 書 店

Thomas Mann

TONIO KRÖGER

1903

目　次

トニオ・クレエゲル

冬の太陽は僅かに乏しい光となって、層雲に蔽《おお》われたまま、白々と力なく、狭い町の上にかかっていた。破風《はふ》屋根の多い小路小路はじめじめして風がひどく、時折、氷とも雪ともつかぬ、柔らかい霰《あられ》のようなものが降って来た。

学校が退《ひ》けた。鋪石の敷いてある中庭を越え、格子門を潜って、自由になった者たちの幾群は、潮のように流れ出すと、互いにわかれて右へ左へ急ぎ去った。年かさの生徒たちは、昂然と本の包みを高く左の肩に押しつけたなり、風に向かって、昼飯を目あてに、右腕で舵を取ってゆく。小さい連中は快活に駈け出して、氷のまじった汁を四方にはねかしながら、学校道具を海豹《あざらし》皮の背嚢《はいのう》の中でがらがらいわせながらゆく。しかし折々、従容と歩を運ぶ教諭のウォオタンのような帽子とユピテルのような髯《ひげ》を見ると、みんな神妙な眼つきでさっと帽を脱いだ……

「ようやっと来たね、ハンス」と、長いこと車道で待っていたトニオ・クレエゲルが言った。微笑を浮かべながら、彼は友を迎えて進み出た。友は他の同輩たちと話し合いながら門を出て来て、もうその連中と一緒に歩み去ってしまおうとしているところだった。……「どうしてさ」と彼は問うて、トニオを見守った……「ああ、ほんとにそうだっけ。じゃ、これから少し一緒に歩こう」

トニオは口をつぐんだ。そして彼の眼は曇った。今日の昼、二人で一緒にちょっと散歩しようときめていたのを、ハンスは忘れてしまったのだろうか。今ようやく思い出したのだろうか。しかも自分自身はその約束をして以来、ほとんど絶え間なく、それを楽しみにしていたのだ。

「じゃみんな、さよなら」とハンス・ハンゼンは同輩たちに向かって言った。「僕これからまだ少しクレエゲルと一緒に行くから」――そこでほかの連中が、右へぶらぶら歩いて行くと同時に、二人は左へ転じた。

ハンスとトニオは、いつも学校がすんでから、散歩に行く暇を持っていた。二人とも、四時になってようやく昼飯を食べる家の子だったからである。彼等の父親たちは立派な商人で、公職も帯びていたし、町では有力者だった。下町の河縁にある手広な材木置場は、もう何代も前からハンゼン家のものだった。そこでは巨大な機械鋸が、ごうごう、しゅうしゅうと樹幹を切り裂いているのである。ところでトニオは、名誉領事クレエゲルの息子で、クレエゲルの太い黒い商会印を押した穀物袋が、毎日街を馬車で運ばれてゆくのは、誰でも見て知っている。それに彼の祖先伝来の大きな古い家は、町中で最も豪壮なものだった。……知った顔が多いので、二人の友だちは間断なく帽子を脱《と》らなければならなかった。それどころか、この十四の少年たちに向かって、自分のほうから先に挨拶してゆく人もかなり多かったのである……

二人とも学校鞄《かばん》を肩から掛けていた。そして二人とも上等な暖かい身なりだった。ハンスは短い水兵式の外衣で、その肩と背には、下に着た海軍服の広い青い襟《えり》がかぶさっているし、トニオのほうは、帯のついた灰色の外套だった。ハンスは短いリボンのついた、オランダ風の水夫帽をかぶっていて、その下から薄色の金髪がひとふさはみ出していた。彼は並外れて美しい、姿の好い児で、肩が広く腰が細く、陰のない鋭く物を見る鋼色《はがねいろ》の眼を持っている。しかしトニオの丸い毛皮帽の下には、やや鳶色《とびいろ》がかった、全然南国的に輪廓の鋭い顔から、黒い、柔らかく陰で囲まれた、そして瞼《まぶた》の重すぎる眼が、夢みるように、またいくらか怯《おび》えたように覗いている。……口と顎《あご》の形は著しくやさしい。彼の歩き方はなげやりで不揃いだが、ハンスのほうは、黒い靴下にくるまったすんなりした脚で、いかにも軽快に、きちんと拍子を取って闊歩《かっぽ》してゆく……

トニオは口を利かなかった。彼は苦痛を感じていた。いくらか斜めになった眉をあつめて、口笛でも吹くように唇を尖らせたまま、首を横に曲げて遠くを見つめている。この態度、この顔つきは、彼独得のものであった。

不意にハンスは、その腕をトニオのに組み合わせると同時に、横のほうから彼を見つめた。彼が何を気にしているか、それがハンスにはよく解《わか》ったからである。すると、その先数歩の間、トニオはまだ黙っていたものの、それでも彼の気持はたちまちにして和らいでしまった。

「僕忘れてたわけじゃないんだよ、トニオ」とハンスは言って足許の歩道に眼を落とした。「ただね、約束したけども、今日はたいていだめじゃないかと思ってただけさ。だってこんなにじめじめして風もひどいんだもの。だけど僕はそんなこと構やしないよ。それに君がこんな天気なのに待っててくれたのは、ほんとに素敵だと思うね。僕はもう君は家へ帰っちゃったのかと思って、おこってたのさ……」

これを聞くとトニオの心の中では、すべてが跳《は》ね躍るように歓呼するように動き出した。

「うん、そいじゃこれから土手を越して行こうよ」と彼は感動した声で言った。「ミュウレン土手とホルステン土手を越してね。そうして家まで送って行ってやろうね、ハンス。……なあに、ちっとも構いやしないよ、帰り道は僕ひとりだって。この次は君が送ってくれるのさ」

実のところ、彼はハンスの言ったことをそんなに堅く信じているわけではなかった。それにハンスがこの二人きりの散歩を、自分の半分も重く見ていないということも、彼ははっきり感じていた。しかしそれでもハンスが健忘を悔いて、一生懸命自分の機嫌を直そうとしているのは認められた。そうして彼は和解をはばもうなんというつもりは毛頭なかった……

打ち明けていえば、トニオはハンス・ハンゼンを愛していて、すでに多くの悩みを彼のためになめて来たのである。最も多く愛する者は、常に敗者であり、常に悩まねばならぬ――この素朴でしかも切ない教えを、彼の十四歳の魂は、もはや人生から受け取っていた。そして彼の性質として、こうした経験をよく覚え込んで――いわば心に書き留めておいて、そのうえ多少それを楽しんでいるのだった。もちろん自分自身としては、その経験で身を律したり、その中から実際的な利益を引き出したりすることはないのだが。また彼の生まれつきは、こういう教えを、学校で無理に詰め込まれる知識なんぞよりも、ずっと重大な、ずっと興味深いものと見なす――いや、ゴシック風の円《まる》天井の教室での授業時間中も、たいていはこうした洞察を奥底まで感じ尽し、どこまでも考え詰めることに没頭するという風だったのである。しかもそういう仕事は、彼がヴァイオリンを持って(彼はヴァイオリンを弾くのである)自分の部屋を歩き廻りながら、下の庭の老いた胡桃樹《くるみ》の枝かげにゆらゆらと立ち昇っている、その噴水のささやきのなかへ、奏《かな》で得る限り柔らかく奏でた調べを響き込ませる時と、ほぼ似たような満悦を彼に与えるのであった……

その噴水、その老いた胡桃樹、そのヴァイオリン、それから遠くの海――それはバルチックで、休暇になると、彼はその海の夏らしい夢をぬすみ聴くことができた――こういうものが彼は好きだった。こういうもので彼は、いわば自分のまわりに垣を作った。そしてこういうものの間で、彼の内生活は展開して行ったのである。つまりこれらは、その名を有効に詩の中で使うことのできる事物で、また実際、トニオ・クレエゲルが時々作る詩の中には、そうした名が幾度となく響いているのであった。

このことは――彼が自作の詩を書いた帳面を一冊持っているということは、彼自身のせいで皆に知れ渡ってしまって、同級生の間にも、先生たちの間にも、大いに彼の評判を傷つけた。クレエゲル名誉領事の息子にとっては、一方からいえば、そんなことを咎《とが》め立てするのは、馬鹿げた下等なことのように思われた。だから自分を咎める同級生たちをも軽蔑していた。その上そういう連中の躾《しつけ》の悪さが、彼にはいやで堪《たま》らなかったし、また彼等の個人的な弱点を、彼はふしぎなほど鋭く看破していたのだった。が、また他方からいえば、彼は詩を作ることを、自分でも放逸な、元来は道に外れたことのように感じていた。だから、それを突飛《とっぴ》な仕事と見なしている人たちを、ある程度まで是認せざるを得なかった。しかしそんなことは、彼に詩作を思い止まらせるだけの力はなかったのである……

家では時間を空費してしまうし、授業中は、ぼんやりした、かけ離れた心持でいて、先生間の気受けが悪かったので、彼はいつもきまって、貧弱な成績表を家へ持って帰った。それを見ると、父親は——考え深そうな碧《あお》い眼をした、背の高い、端正な身なりの、いつも何か野の花をボタンの穴に挿している人だったが——非常に腹立しそうな、困りきった様子を見せた。ところがトニオの母、黒い髪をした美しい母、コンスエロという名で、父が昔、地図で見るとずっと下のほうから連れて来たために、一体の様子が、町のほかの婦人たちとはまるで違っていた母——その母にとっては、成績表なんぞ頭からどうでもいいのであった……

トニオは、このピアノとマンドリンの非常に上手な、髪の黒い、情の激しい母親が好きだった。そして衆人の間に彼の占めている香ばしからぬ位地について、母親が心を痛めないのを喜んでいた。一方ではしかし、父の怒りのほうが、遥かに立派で尊敬すべきものだと感じていた。そして父に叱られても、心の底では父とまったく同感だった。同時に母の快活な無関心を、少しだらしがないと思っていた。時折、彼はまあこんな風に考える——僕は今のように暮していて、変わろうともせず、変わることもできず、ずぼらで強情で、ほかには誰一人考えもしないようなことにも気を使っているが、これはちょうどこのくらいにしておいて、これ以上進んではいけないのだ。そのために皆が本気で僕を叱ったり罰したりして、キスや音楽なんぞでそれをごまかしてしまわないというのは、少なくとも当然のことだ。僕等はもちろん、緑色の馬車に乗ったジプシイでも何でもなくって、ちゃんとした人間なんだもの。名誉領事クレエゲルの一族、クレエゲル家の一門なんだものね。……またこう考えることも稀《まれ》ではなかった——どうして僕は一体こんなに風変りで、みんなと反《そり》が合わないんだろう。先生とは喧嘩腰だし、ほかの子供たちからは仲間外れなんだろう。あの連中を見るがいい。あの善良な生徒たち、手堅く平凡な生徒たちを。あの連中は先生を滑稽だとも思わなければ、詩も作らないし、つい誰でも考えるような、大きな声で口に出せるようなことばかり考えている。たしかにあの連中は、自分たちはあたりまえで、いっさいの事、いっさいの人と和合しているという気持なのに違いない。さぞ愉快なことだろうな。……しかし僕はどうだ。こんな調子で、これから先どうなって行くのかしら。

こういう風に自分自身と、人生に向かっての自分の関係とを省察する癖は、ハンス・ハンゼンに対するトニオの愛のなかで、重大な役割を演じていた。彼がハンスを愛しているのは、第一にハンスが美しいからだった。しかし第二には、ハンスがあらゆる点で、自分の逆であり、裏であるように思われたからなのである。ハンス・ハンゼンは優等生だし、その上活潑《かっぱつ》な児で、英雄のように馬に乗ったり、体操競技をやったり、泳いだりして、誰にでも人気があった。先生たちは、甘たるいくらい彼を可愛がって、呼ぶ時にはいつも名のほうを呼んで、あらゆる方法で彼のためを計ってやったし、同輩たちは彼の寵を獲《え》ることに汲々としていたし、また往来では紳士淑女たちが彼を引きとめて、オランダ風の水夫帽からはみ出ている、薄い明色《ブロンド》の前髪をつかみながら、こう言うのだった。——「今日《こんにち》は、ハンス・ハンゼン。相変らずかわいい前髪だね。まだ一番なのかい。

パパとママによろしく。ほんとにきれいな子だね……」

ハンス・ハンゼンはそんな風だった。そして彼を識《し》って以来、トニオ・クレエゲルは彼の姿を見ると、すぐに妬《ねた》ましい憧憬を感じた。それは胸の上のところに宿っていて、火のように燃えるのだった。君みたいに碧い眼をして、君みたいにきちんとして、誰とでも工合よく仲間になって暮して行ける人はなあ、と彼は考える。いつも君は穏当な、皆に尊敬されるような暮し方をしている。学校の課業をすますと、馬の稽古をするか、でなければ細歯の鋸で細工物をする。休暇で海岸にいる時でさえも、君は舟を漕《こ》いだり、帆で走ったり、泳いだりで忙しいのに、僕は何もしないで、ぼんやり砂の上に臥《ね》そべったなり、海の顔の上をすっと滑ってゆく、変幻極まりない表情劇を、じっと見つめている。しかしそれだからこそ、君の眼はそんなに澄んでいるのだ。君みたいになれたら……

彼はハンス・ハンゼンのようになろうと試みはしなかった。それに、大まじめでそう望んでいたかどうか、それさえ怪しいものだった。しかし彼は、そのままの自分でハンスに愛されることを、苦しい気持で熱望していた。そして彼一流の調子で、ハンスの愛を求めた。迫らずに誠実な献身的な、悩ましいそして憂鬱《ゆううつ》な調子で求めたのである。しかもそれが、彼の風変りな外貌から察せられそうな、あらゆる急激な情熱よりも、さらに深く、さらにやるせなく燃え立ちかねない憂鬱なのであった。

そうして彼はまったくむだに求めたわけではなかった。なぜならハンスはハンスで、トニオのある優越——むずかしい物事を口にし得る弁舌の冴えを尊敬していて、この友が自分に向かって、普通以上に強い優しい感情を寄せていることをよく理解して、感謝の心を見せたし、また自分もこれに応じながら、友に幾多の幸福を与えたのである——しかしまた嫉妬や、幻滅や精神的に提携しようとする空《むな》しい努力などという、幾多の苦痛をも与えたのであった。というのは、妙なことにトニオは、ハンス・ハンゼンの生き方をうらやんでいるくせに、彼を自分の生き方のほうへ引き寄せようと、絶えず努めていたからである。もっともその努力は、せいぜいほんのちょっとの間だけしか、それも単にうわべだけしか成功しなかったのだが……

「僕この頃ね、すばらしいものを読んだんだよ、そりゃ素敵なものを……」とトニオは言った。二人はミュウレン街のイイヴェルゼン雑貨店で、十ペンニヒ出して買ったドロップスを、歩きながら一緒に、一つ袋から食べている。「君ぜひ読んでみたまえよ、ハンス。それはね、シラアの『ドン・カルロス』なんだ。……もし読む気なら貸して上げるぜ……」

「いや、よそう」とハンス・ハンゼンは言った。「貸してくれなくてもいいよ、トニオ、そういうものは僕にゃ合わないんだもの。僕はやっぱり、いつもの馬の本がいいんだよ。そりゃ面白い挿画《さしえ》が入ってるんだぜ。今度僕の所へ来たとき見せてやろうね。それは早取写真でね、馬が早駈けをしたりギャロップをしたり、飛び上がったりしてるところが——つまり実際だとあんまり早すぎて、とても眼で見られないような、いろんな恰好《かっこう》をしてるところが分かるんだ……」

「いろんな恰好をしてるところが?」とトニオは丁寧に問うた。「なるほどそりゃ面白いね。だけど『ドン・カルロス』のほうはね、それこそだあれも想像がつかないくらいなんだよ。その中にはね、いいかい、非常にいいところがあってね、そこを読むと、ごつんと音でもするほどなぐられたような気がするんだ……」

「ごつんと音がするんだって?」とハンス・ハンゼンが問うた。「どうしてさ」

「たとえばね、こういうところがある。侯爵に欺《だま》されたもんで、王様が泣いたというところがね。……でも侯爵はただ、皇子のためを計って王様を欺しただけなんだぜ。分かった? その皇子のために、侯爵は自分を犠牲にしてるんだからね。そこで御居間から控えの間《ま》へ、王様が泣いたという知らせが伝わって来る。『泣かれたのか。国王が泣かれたのか』って、家来たちはみんなひどく驚くんだ。実際、それには誰でもしみじみと感じちまうんだよ。だってその王様は、恐ろしく頑固な厳格な王様なんだもの。だけど王様が泣いたわけは、実によく分かるんだ。だから本当をいうと、僕は皇子と侯爵とを一緒にしたより、もっと王様のほうがかわいそうだと思うよ。いつでもたったひとりぼっちで、誰にも愛されていないところへ、今やっと一人の人間を見つけたと思うと、その人が裏切りをするんだからな……」

ハンス・ハンゼンは、横合いからトニオの顔を見た。するとこの顔の中の何物かが、確かに彼をこの話題にひき寄せたのであろう、彼は突然、再び自分の腕をトニオのと組み合わせて、こう尋ねた。

「一体どういう風にしてその人は王様に裏切りをするの、トニオ」

トニオは昂奮《こうふん》し出した。

「あのね、こういうわけなんだ」と彼は言い始めた。「ブラバントやフランデルン行きの手紙がみんな……」

「やあ、エルウィン・インメルタアルが来た」とハンスが言った。

トニオは口をつぐんでしまった。ほんとにあのインメルタアルの奴、地の中へ吸い込まれちまえばいいのに、と彼は考えた。なぜあいつは僕たちの邪魔をしに来ずにゃいられないんだろう。僕たちと一緒に歩いてくれなけりゃいいが。そうして道々ずっと、馬の稽古のことばかり話してくれなけりゃいいがな。……インメルタアルもやはり馬の稽古をしていたのである。彼は銀行頭取の息子で、この町外れの都門のそばに住んでいた。曲がった脚と細く切れ上がった眼をして、もう学校鞄はなしで、彼は並木道を二人のほうへ来かかったのである。

「失敬、インメルタアル」とハンスは言った。「僕今ね、クレエゲルとちょっと散歩してるんだ……」

「僕は町へ行ってね」とインメルタアルが言った。「少し用達《ようたし》をしなけりゃならないんだ。だけどもうちっと君たちと一緒に歩こう。……そこにあるのはドロップスだろう。うん、ありがとう、少し貰うよ。あしたはまた稽古があるね、ハンス」——それは馬の稽古のことだった。

「嬉しいな」とハンスは言った。「僕今度、皮の脚絆《きやはん》を貰うんだぜ、君。こないだの演習のとき一等を取ったからね……」

「君は馬の稽古なんかしてないんだろう、クレエゲル」とインメルタアルが問うた。彼の眼は二筋の光る裂目《さけめ》にすぎなくなっている。

「してない……」と、トニオはひどくおぼつかない調子で答えた。

「君ほんとに」とハンス・ハンゼンが述べた。「お父さんに頼んで、君も稽古させてもらうようにしたらいいじゃないか、クレエゲル」

「うん……」とトニオはおちつかぬと同時に、冷淡な調子で言った。ハンスが苗字を呼んで話しかけたので、トニオは一瞬間のどが詰まるように思ったのである。するとハンスはそれを感じたらしく、説明するようにこう言った。

「僕が君をクレエゲルって呼ぶのはね、君の名前があんまり変てこだからなんだよ、君。失敬だけど、僕は好きじゃないね。トニオ……なんて、てんで名前になってやしないじゃないか。だけどもちろん君が悪いんじゃないさ、決してね」

「そうとも。その名前は外国式に聞こえて変わった名前だから、それできっと君についたんだろう……」とインメルタアルは言って、何だか弁護でもしようとしているような顔をした。

トニオの口はひきつった。気を取りなおすと、彼は言った。

「うん、馬鹿げた名前さ。僕は確かにハインリヒとかウィルヘルムとか呼ばれるほうがいいな。まったくだよ。だけどこれはね、お母さんの兄弟で僕の名親になった人が、アントニオっていう名だもんで、それでこうついたのさ。僕のお母さんは、ずっと遠くから来ているんだからね……」

それなり彼は黙って、二人に馬や革具の話をさせておいた。ハンスはインメルタアルと腕を組み合わせたなり、『ドン・カルロス』なんぞに対しては決して感じさせることができそうもない雄弁な興味をもって語っていた。……時々トニオは、泣きたい衝動がくすぐったく鼻に突っ掛けて来るのを覚えた。それにまた、たえずふるえ出す顋をも、やっとのことでおさえつけていた……

ハンスは僕の名前が嫌いだ――といってどうすればいいのだろう。そういう彼はハンスという名だし、インメルタアルはエルウィンというのだ。そうだ。それはみんなに認められている名だ。誰も妙に思う者はない。ところが「トニオ」となると、外国式で変わった名なのだ。実際自分には、あらゆる点で、否《いや》でも応《おう》でも変わった所があるのだ。しかも自分は、決して緑の馬車に乗ったジプシイなんぞではなく、クレエゲル名誉領事の息子、クレエゲル一家の者なのに、いつも孤独で、尋常一般の境から閉め出されている。……だがハンスは、第三者が加わると、トニオというのをみっともながるくせに、なぜ二人きりでいる間は、自分のことをトニオと呼ぶのだろう。時折ハンスは自分に近くなり、自分のものになる。それは確かだ。どういう風にしてその人は王様に裏切りをするの、トニオ、とハンスは尋ねて、自分と腕を組み合わせたではないか。ところが、あれからインメルタアルが来ると、やっぱりほっとしたように息をついて、自分を離れてしまって、必要もないのに、自分の風変りな呼び名を悪く言ったのだ。こんなことを何もかも見破らずにいられないのは、何と苦しいことだろう。……要するにハンス・ハンゼンは、二人きりでいる時なら、少しはトニオが好きになる――それはトニオに分かっていた。しかし第三者が来ると、ハンスはそれを恥じて、トニオを犠牲に供してしまう。だから今トニオは、またひとりぼっちなのである。彼は国王フィリップのことを考えた。国王は泣かれた……

「こりゃ大変だ」とエルウィン・インメルタアルが言った。「もうほんとに町へ行かなくっちゃ。じゃ、さよなら。ドロップスをありがとう。」それなり彼は路傍にあったベンチの上に飛び乗ると、曲がった脚でその上を端まで走り切って、やがて駈け去ってしまった。

「インメルタアルは僕好きさ」とハンスは力を入れて言った。彼は自分の好悪の情を告げ知らせる――いわばきわめて鷹揚にわかち与えるという、気ままな尊大な癖を持っているのである。……それから今度は、もう脂《あぶら》が乗ってしまったので、馬の稽古の話をし続けた。もうハンゼン家の屋敷も、そんなに遠くはなかった。土手を越えて行けば、大して時間はかからないのである。二人は帽子をしっかりおさえたまま、強いしめっぽい風に頭を下げた。風は樹々の葉をふるった枝のなかで、軋《きし》んだり呻《うめ》いたりしている。そしてハンス・ハンゼンはしゃべっていたが、トニオはほんの時たま、取ってつけたように、へへえとか、うんうんとか、合の手を入れるばかりで、ハンスが話に夢中になって、また彼と腕を組み合わせてくれたことにも喜びを感じなかった。それはただ意味のない、見かけだけの接近にすぎなかったからである。

やがて二人は停車場の近くで土手を降りると、列車が一つ、不器用に急いで轟々《ごうごう》と通りすぎるのを見ながら、暇つぶしに車台の数を数えて、最後の箱のてっぺんに、毛皮にくるまって乗っている男に合図をした。それからリンデン広場に来て、豪商ハンゼンの屋敷の前で、二人は立ち留った。するとハンスは、庭戸の下のほうに乗って、蝶番《ちょうつがい》がぎいぎい言うほどゆすぶると非常に面白いといって、詳しくやって見せた。しかしそれがすむと、彼は別れを告げた。

「さあ、僕もう家へ入らなくちゃ」と彼は言った。「さよなら、トニオ。この次は僕が家まで送って行ってやるよ、きっとそうするよ」

「さよなら、ハンス」とトニオは言った。「散歩して面白かったね」

握り合った二人の手は、庭戸のためにすっかり濡《ぬ》れて錆《さび》がついていた。が、ハンスがトニオの眼にじっと見入った時、後悔めかしい反省といったようなものが、彼の綺麗な顔に浮かんだ。

「そりゃそうと、僕もうじき『ドン・カルロス』を読むよ」と彼は早口に言った。「御居間にいる王様のことやなんか、きっとすてきだろうね」そう言って鞄を脇に抱えると、前庭を抜けて走って行った。家の中へ姿を消す前に、彼はもう一度うなずき返して見せた。

するとトニオ・クレエゲルは、すっかり晴々として、翼でも生えたように立ち去った。風がうしろから彼を押し進めてはいるが、しかし彼がこんなに軽々と歩を運んでゆくのは、そのためばかりではなかったのである。

ハンスは『ドン・カルロス』を読むだろう。そうなれば、自分たちは、インメルタアルだって、そのほかどんな奴だって口を出せないようなことを共有するわけだ。何とよく自分たちは理解し合っていることか。ひょっとしたら——自分はそのうち、ハンスにもやっぱり詩を作らせるようにしてしまうかもしれない。……いやいや、それはよそう。ハンスは自分のようにならせたくない。いつまでも今のようでいさせたい。皆が愛している通り、自分が中でも一番愛している通りの、明るい強い人間でいさせたい。とはいえ『ドン・カルロス』を読んだって、ハンスは別に損はしなかろう。……かくてトニオは、古い、がっしりした都門を抜けて、港に沿うて進んだ後、急勾配で風当りのひどい、じめじめした、破風屋根の多い小路を、両親の家へと昇って行った。この当時彼の心は生きていた。そこには憧憬があり、憂鬱な羨望《せんぼう》があり、そしてごくわずかの軽侮と、それから溢《あふ》れるばかりの貞潔な浄福とがあった。

金髪のインゲ。インゲボルグ・ホルム。高く尖って入り組んで、ゴシック風の噴水が立っている、あの市場のそばに住むホルム博士の娘。トニオ・クレエゲルが十六歳になったとき恋したのは、この娘だった。

それはどんな次第だったか。トニオはその娘をすでに何度となく見ていた。ところがある宵《よい》のこと、彼は娘をある照明の下に見た。娘が一人の女友だちと話しているうちに、何だかはしゃいだ様子で笑いながら、首をぐっと横に曲げたところと、その手を――大して細くもなく大して上品でもない小娘風の手を、一種の所作で後頭へ持って行った拍子に、白い紗の袖口が、肱《ひじ》から肩のほうへずり落ちるところとを見た。ある語に、何か些細な語に、一種の調子で力をこめると、その声の中に、何だか暖かい響きがあるのを聞いた。すると烈《はげ》しい歓びが彼の心を襲った。それは昔、彼がまだ小さな愚かな少年だった頃、ハンス・ハンゼンを眺めて時々感じたのよりは、もっとずっと強い狂喜だった。

この宵に彼は彼女の面影を抱いて帰った。豊かな明色《ブロンド》の垂髪《おさげ》と、笑を含んだ切れ長の碧い眼と、鼻の上に薄くかかっているそばかすとを持った面影である。彼女の声にこもっていた響きが耳について、彼は寝つくことができなかった。彼女があの些細な語を発音した調子を、そっとまねてみて、同時に身をふるわせた。経験は、これが恋だと彼に教えた。ところで恋というものは、彼に多くの苦痛と災厄と屈辱とを招くにきまっていること、そのうえ平和を乱して、心に様々な旋律を溢れさせるから、ある事をまとめ上げて、ゆっくりとその中から完全なものを作り出すだけの余裕がなくなってしまうことを、彼はよく知り抜いていたのだけれども、そのくせやはり大喜びで恋を迎え入れて、すっかりそれに身を委ねながら、心情の力を尽してそれを育《はぐく》んで行った。なぜといえば、彼は恋が人を豊かに元気にすることを知っていたし、またゆっくりと完全なものを作り上げる代りに、豊かな元気な心持でいたいと切望したからである……

これは——トニオ・クレエゲルが、快活なインゲ・ホルムに心を奪われてしまったのは、その宵に舞踏のおさらい会を催す番に当たった、フステエデ名誉領事夫人の、きれいに片付けられた客間での出来事だった。つまりそれは、一流の家の子弟だけを加えた個人講習で、みんな順繰りに父兄の家に集っては、舞踏と礼法の教授を受けるわけだったのである。ところが、そのために踊りの先生クナアクが、毎週毎週、親しくハンブルグから出向いて来た。

フランソア・クナアクというのが彼の名だが、これが実に何という男だったろう。「J'ai l'honneur de me vous représenter（どうかお見知りおきを願います）」と彼は言うのだった。「Mon nom est Knaak（私はクナアクと申すもので）……そしてこれはね、お辞儀している間に言うのじゃなくって、また頭を上げた時に言うのだ——低い声で、しかしはっきりとね。誰でも毎日フランス語で自己紹介をしなけりゃならないわけじゃないが、しかしこの言葉で精確に正しくできるようなら、ドイツ語じゃいよいよ大丈夫だろうからね。」絹めいて黒いフロックコオトが、何と見事に、彼の肥《ふと》った腰にぴったり合っていることか。ズボンは柔らかな襞《ひだ》を作って、幅広の繻子紐《しゅすひも》で飾られた、エナメル靴の上に垂れている。そして彼の茶色の眼は、それ自身の美しさをものうげに喜びながら、あちこちと見廻している……

彼の度を超えたおちつきと礼儀正しさには、誰でも息詰まるような気がした。彼は家の主婦の所へ歩み寄って――何人《なんぴと》といえども、彼のごとくしなやかに、波打つように、うねるように、威風堂々と歩くことはできない――腰を屈《かが》めながら、手を差し伸べてくれるのを待つ。その手を握ると、小声で礼を述べた後、弾むようにあとへさがって、左足を基にして向きを換《か》えるなり、爪先を下に向けた右足を、横のほうへぴんと跳ね上げたと思うと、腰をふるわせながら歩み去るのである……

誰でも集会の席から退く時には、あとずさりで何度もお辞儀をしながら、戸口を出てゆく。椅子を扱う時には、脚を一本つかんだり、または床にずらせたりしながら引っ張り寄せることはしないで、軽く背を持って上げながら引き寄せた上、音を立てずにそっと下へおろす。両手を腹の上に組み合わせたり、舌で口の端をなめたりしながら突っ立つことはしない。もしそれでもそんなことをする人があれば、クナアク先生は、いつも一種のやり口でそのまねをして見せる。するとその人は、それ以後一生を通じて、その姿態がいやでいやでたまらなくなってしまう……

これが礼法だった。が、舞踏のほうになると、クナアク先生はおそらくさらに深く堂に入っていたらしい。きれいに片付いた客間には、大燈架のガスの焔《ほのお》と、壁煖炉《だんろ》の上の蠟燭《ろうそく》とが燃えている。床板には滑石《かっせき》がまいてあり、無言の半円をなして、弟子たちが立ち並んでいる。ところが帳《とばり》の奥の隣室には、母たちや叔母たちが粗《あら》ビロオドの椅子にかけながら、クナアク先生が身を屈めて、フロックコオトの裾《すそ》を指二本ずつでつまんだなり、よく弾む脚で、マズルカの一節一節を演じて見せているところを、柄のついた眼鏡越しに眺めている。ところで、観衆の度胆を抜いてやろうと思うと、クナアク先生は、突然なんの差し迫った理由もないのに、床からぴょんと跳ね上がって、両脚を目茶苦茶にはやく、渦のように空中で捲《ま》き合わせて――いわば両脚で顫音《トリル》を奏でてから、今度は鈍いながらも、すべてを根本からうちふるわせるような、どすんという音と共に、この地上へ帰って来る……

何という不可解な猿だろう、とトニオ・クレエゲルは心の中で思った。しかし彼は、インゲ・ホルムが、あの快活なインゲが、よくわれを忘れて微笑しながら、クナアク先生の動きを眼で追っているのを見ることがあった。しかもそのこと以外にも、クナアク先生の自由自在な身のこなしが、結局嘆賞に似た思いを彼に起こさせた理由はあったのである。クナアク先生の眼は、何と平静にまごつかずに物を見ていることか。その眼は事物の中まで――事物が複雑に悲しくなり始めるところまでは突き入らない。ただそれ自身が茶色で美しいということだけしか、知らないのである。しかしそれだからこそ、彼の態度はあれほど昂然としているのだ。そうだ、彼のように闊歩し得るためには、誰でも愚鈍でなければならない。そうすれば人に愛される。愛嬌があるからだ。インゲが、金髪のかわいいインゲが、あんな風にクナアク先生を見る気持は、トニオには実によく分かっていた。しかしあんな工合に彼自身を見てくれる少女は、一人もいないのだろうか。

なに、いるとも。マグダレエナ・フェルメエレンがそうだ。弁護士フェルメエレンの娘で、口もとがやさしく、大きい黒い、つやの好い眼は、真摯《しんし》と夢想に溢れている。踊りをしながらよくころぶのだが、相手をきめる時は彼の所へ来た。彼が詩を作るのを知っていて、それを見せてくれと、二度も頼んだことがある。また遠くのほうから首をうつむけたまま、彼を眺めていることがよくある。しかしそれが彼にとって何になろう。

彼は、彼はインゲ・ホルムを恋しているのだ。詩なんぞ書くというので、彼を軽蔑しているに違いない、あの金髪の快活なインゲを。……彼はインゲを見つめる。幸福と嘲《あざけ》りに満ちた、切れ長の碧い眼を見つめる。すると妬ましい憧憬が――彼女と切り離されて永久に他人で終わるという、鋭い息詰まるような苦痛が、彼の胸を占めて燃え立つのである……

「第一の組 **en avant**（前へ）」とクナアク先生が言った。しかもその鼻にかかった音《おん》の出し方がいかに玄妙であるかは、どんな文句を使っても、描写することはできないのである。それはカドリイルの練習だったが、トニオ・クレエゲルの烈しく愕《おどろ》いたことには、彼はインゲ・ホルムと同じ角陣《カレエ》の中にいたのである。できるだけ彼女を避けたが、それでも絶えず彼女のそばに来てしまった。眼が彼女に近づくのをわれと制しながらも、彼の視線はやはり絶えず彼女を射るのだった。……今彼女は、赤い髪のフェルディナント・マッティイセンに手を引かれながら、滑ったり走ったりして近づいて来ると、垂髪《おさげ》をうしろへ投げるようにして、ほっと息をつきつき、彼と向き合いに立った。ピアノ弾きのハインツェルマン氏が、骨張った両手で鍵盤を打つ。クナアク先生が号令を下す。カドリイルは始まった。

彼女は彼の眼の前に、左右前後へ、歩いたりひるがえったりして動いている。髪から出るのか、着ている着物の柔らかな白い布地から出るのか、ある香りが時おり彼をかすめる。と、彼の眼は次第次第に霞《かす》んできた。僕はお前を愛しているよ、なつかしいかわいいインゲ、と彼は心の中で言った。そして彼女がいかにも熱心に愉快そうに身を入れていて、自分のことを構ってくれないその悲痛を、この言葉の中へ残らずこめたのである。シュトルムのある美しい詩がふと彼の心に浮かんだ。

「われは寝《い》ねまし、されど汝《な》は踊らでやまず。」恋をしながら踊らずにいられぬという、なさけない矛盾が彼を苛《さいな》んだ……

「第一の組 en avant」とクナアク先生が言った。新しい一節が始まったのである。「Compliment（お辞儀！）Moulinet des dames（御婦人の旋舞《ムリネエ》を！）Tour de main（手をうまくこなして！）」――彼がいかに典雅な調子で de の黙音 e をのみ込んでしまうか、それは何人《なんぴと》の筆にも尽し難い。

「第二の組 en avant」トニオ・クレエゲルとその相手とが出る番だった。「Compliment」そこでトニオ・クレエゲルはお辞儀をした。「Moulinet des dames」するとトニオ・クレエゲルはうつむいて眉を曇らせたなり、片手を四人の婦人たちの手の上に、インゲ・ホルムの手の上に置いた。そして「旋舞《ムリネエ》」を踊った。

一座には忍び笑いや高笑いが起こった。クナアク先生は、様式化せられた驚愕を表わす、あるバレエの姿勢を取った。「いやはや」と彼は叫んだ。「待った、待った。クレエゲルは御婦人の中へまぎれ込んじまったね。En arrière（あとへ！）クレエゲルのお嬢さん、あとへ、fi donc（なんということった！）みんなよく分かったのに、君だけがだめじゃないか。そら。どいた。あとへさがった」と言いながら、彼は黄絹のハンケチを引き出すと、それを振り振り、トニオ・クレエゲルをもとの場所へ追い返した。

みんな笑った。男の子も女の子も、それから帳《とばり》の奥の婦人たちも。クナアク先生がこの事件をおどけ切ったものにしてしまったからである。だから人々は、芝居でも見ているように面白がった。ただハインツェルマン氏だけは、無味な事務的な顔附《かおつき》で、さらに弾き始める合図を待っていた。彼はクナアク先生の効果に対しては、もう無感覚になっているのである。

それからまたカドリイルが続けられた。そのあとが休憩だった。小間使いが、ワイン・ジェリイのコップを満載した茶盆をかちゃつかせながら、戸口から入って来た。その跡を追うて料理番の女が、プラム・ケエクを一荷《いっか》抱えながら続いた。しかしトニオ・

クレエゲルは、そっとその場をはずして廊下へ忍び出ると、両手をうしろに廻したまま、そこの鎧戸《よろいど》の下りた窓の前へ行って立った。その鎧戸越しには、何一つ見えはしないのだから、その前に立って外を眺めているような振りをするのは、滑稽だということに、彼は頓著しないのである。

彼はしかし、悲しみとあこがれとに満ち満ちた、自分の胸の中を見つめていた。何故に、何故に自分はここにいるのか。なぜ自分の小部屋の窓際に腰かけて、シュトルムの『インメンゼエ』を読みながら、胡桃《くるみ》の老木が大儀そうに音を立てる、夕ぐれの庭に時々眼をやっていないのか。そここそは自分のいるべき場所だったろうに。ほかの人たちは勝手に踊るがいい。元気に上手に精出すがいいのだ。……いやいや、自分の場所はやっぱりここだ。ここならインゲの近くにいるという自覚がある。たとえただひとり遠く離れて立ったまま、あの客間のさざめきや騒音や笑い声の中から、暖かい生命の響きのこもった、彼女の声を聞き分けようと努めているにすぎなくとも。お前の切れ長な、碧い、笑っている眼よ、金髪のインゲ。お前のように美しく朗らかであり得るのは、『インメンゼエ』なんぞ読まず、また決して自分でそんなものを書こうなんぞとしない人だけに限る。それが悲しいことなのだ……

ほんとは彼女がここへ来なければならないところだ。自分がいなくなったのに気付いて、自分がどんな気持でいるかを感じて、たとえただあわれみの心からにもせよ、そっと自分のあとについて来て、自分の肩に手を掛けて、こう言わなければならないところだ。——私たちの所へ入っていらっしゃいな。機嫌よくなさいよ。わたしあなたが好きなのよ。——そして彼はうしろのけはいを窺《うかが》いながら、不合理な緊張のうちに、彼女が来ればいいのにと待っていた。しかし彼女は一向やって来なかった。そんなことは地上では起こらぬのである。

彼女もまたみんなと同じく自分をあざ笑ったか。そうだ。あざ笑ったのだ。自分は彼女のため、自分自身のために、それを否定したくてたまらないのだけれども。それだのに、自分はわれを忘れて、彼女のそばでぼうっとしていたばかりに、彼女と一緒に **moulinet des dames** を踊ってしまったのだ。しかしそれが何だ。おそらくいつかはみんな笑うのをやめるだろう。つい近頃ある雑誌が、自分の書いた詩を採りはしなかったか。もっともその詩が出ないうちに、その雑誌はまた潰《つぶ》れてしまったのだが、今に自分が有名になる日が来る。自分の書いたものは何でも印刷せられる日が来る。そうなったら、インゲ・ホルムが感心しないかどうか、見てやるとしよう。……いや、彼女は決して決して感心なんかしないだろう。さあ、そこなのだ。あのいつもよくころぶマグダレエナ・フェルメエレンなら、あの娘なら、そりゃ感心するにきまっている。しかしインゲ・ホルムは決してしまい。あの碧い眼の快活なインゲは、決してしまい。してみれば、それは空しいことではないのか……

こう考えた時、トニオ・クレエゲルの心臓は、痛いほど締め付けられた。玄妙な、軽快で沈鬱な力が己のうちに動くのを感じながら、しかも同時に、己のあこがれ寄る人々が、のどかな没交渉でその力に対立していることを知るのは、それは実に心を痛ましめるものである。しかし彼は、淋《さび》しくのけ者になって、何の望みもなく、閉ざされた鎧戸の前に立ったまま、懊悩《おうのう》のあまり外が見えるような風をしてはいたものの、それでもやはり幸福だった。なぜならこの当時彼の心臓は生きていたからである。暖かく悲しく、それは、インゲボルグ・ホルムよ、お前のために鼓動していたのだ。そして彼の魂は、お前の金髪の、明るい、誇らかにも尋常な、小さい人格を、恍惚《こうこつ》たる自己否定のうちに抱いていたのだ。

一度ならず彼は、顔をほてらせたまま、音楽と花の香とさかずきの響きとが、ただ微《かす》かに伝わって来るような、淋しい場所にたたずんでは、この遥かな宴《うたげ》の騒音の中から、お前の高らかな声を聞き分けようとしたことがある。お前ゆえの苦痛に浸りながら、たたずんだことがある。しかしそれでも彼は幸福だった。いつもよくころぶマグダレエナ・フェルメエレンとは話すことができて、彼女は彼を理解してくれるし、彼と共に笑いもすればまじめにもなるのに、金髪のインゲのほうは、いくら並んで坐っていても、彼の言葉は彼女の言葉ではないので、彼にとって遠く、疎《うと》く、いぶかしげに見えるのを、一度ならず彼はいらだたしく思ったことがある。しかしそれでも彼は幸福だった。なぜなら幸福とは——と彼は胸の中で言った——愛せられることではない。愛せられるというのは、嫌厭《けんえん》の念と入りまざった、虚栄心の満足である。幸福とは愛することであり、また愛する対象へ、時としてわずかに心もとなく近づいてゆく機会を捉えることである。そして彼はこの考えを心に書きしるして、それを末の末まで考え詰め、底の底まで感じ尽した。

誠実！　とトニオ・クレエゲルは考えた。僕は誠実でありたいと思う。そして命のある限り、インゲボルグよ、お前を愛そうと思う。——これほど彼は善意を持っていたのである。が、それでいて彼のうちには、幽かな恐れと悲しみとが、お前はハンス・ハンゼンに毎日逢《あ》うくせに、彼のことはもうまるっきり忘れてしまったではないか、と囁《ささや》いていた。そうしてこの幽かな、しかも少し意地悪な声のいうところは、結局正しかった。つまり時が経つと、トニオ・クレエゲルは、もう以前ほど絶対的には、快活なインゲのために死んでもいいと思わないようになった。なぜなら彼は、独得の流儀で、この世に多くの際立ったことを仕遂げたい欲望と、仕遂げる力とを、心の中に感じたからである。——これが醜《みにく》い、なさけないことだった。

そして彼は、己《おの》が恋の浄《きよ》い貞潔な焰が燃え上がっている犠牲壇のまわりを、慎《つつ》ましくめぐり歩いて、その焰の前にひざまずいては、あらゆる手を尽して、それを煽《あお》り立て護《まも》り立てた。誠実でありたいと思ったからである。しかもしばらく経つとその焰は、知らぬ間にひっそりと音もなく消えてしまった。

しかしトニオ・クレエゲルは、なお少しの間、その冷え切った祭壇の前に立ったなり、誠実というものが地上にあり得ないということに、心からの驚きと幻滅とを感じていた。が、やがて肩をそびやかして己の道を歩いて行った。

彼は己の行かねばならぬ道を、ややなげやりな、むらな歩調で、ぼんやり口笛を吹き吹き、首を横に曲げたなり、遠くを望みながら歩いて行った。そして道に迷うこともあったが、それはある人々にとっては、もともと本道というものが存在しないからのことだった。一体何になるつもりかと尋ねる人があると、彼はいつもその度にちがった返答をした。なぜなら、彼は常にこう言っていたからである(そして実際すでにそう書きしるしていた)――自分は無数の生活様式に対する可能性と同時に、それが要するにことごとく不可能性だというひそかな自覚をもいだいている……

彼が狭い故郷の町を離れるより先に、その町が彼をつなぎとめておいたところの、かすがいや糸は、もはやひそかに解けてしまっていた。クレエゲルの古い一門は、次第次第に脱落崩壊という状態に陥って行ったのである。そして人々がトニオ・クレエゲル自身の性行をも、同じくこの状態の徴候に数えたのは、もっともなことだった。一族の長であった彼の父方の祖母が死んで、それからまもなく彼の父が――背の高い、冥想的な、端正な身なりの、いつもボタンの孔《あな》に野花を挿していた紳士が、そのあとを追って亡くなった。クレエゲル家の大きな屋敷は、その立派な歴史もろとも、売物に出たし、商会は解散してしまった。ところがトニオの母は、ピアノとマンドリンの非常に上手な、そして何に対してもまったく冷淡な、あの美しい、情の激しい母は、一年たった後、再び結婚した。それも相手はある音楽家、イタリア風の名前の名手で、彼女はその人について、青霞む遥か彼方へ行ってしまった。トニオ・クレエゲルは、これは少しだらしがないと思った。しかし彼は母にそんなことを禁《と》める柄だろうか。彼は詩ばかり書いていて、一体何になる気かと問われても、返事さえできないのだ……

かくて彼は、破風《はふ》屋根にしめっぽい風のうなっている、せせこましい故郷の町を見捨てた。少年時代の親友だった、噴水と胡桃の老木を見捨てた。それから大好きな海をも見捨てた。そのくせ何の苦痛も感じなかった。それは彼がもう大きく賢くなって、自分というものの正体を会得していたし、また今まで彼を取り囲んでいた、がさつな低級な存在に対する、冷嘲の心に溢れていたからである。

彼が地上で最も崇高だと思った力、それに仕えるのを天職だと感じた力、彼に尊厳と栄誉とを約束した力、つまり、微笑しつつ無意識な無言の人生に君臨している、精神と言語との力に、彼はまったく身を委ねた。若々しい情熱をもって、彼はその力に身を委ねた。するとその力は、贈り得る限りのあらゆるもので、彼をねぎらうと同時に、その代償として、常に取り上げるもの一切を、容赦なく彼から取り上げたのである。

その力は彼の眼光を鋭敏にして、人間の胸をふくれ上がらせている、様々な壮大な言葉を見破らせたし、彼に人間の魂と彼自身のとを披《ひら》いて見せたし、彼に透視力を与えて、世の内部と、言語行為の背後にある、あらゆる究極のものとを示した。ところが、彼の見たものはこれだった――滑稽と悲惨――滑稽と悲惨。

するとその時、認識の苦悩と倨傲《きよごう》とを伴って、孤独がやって来た。彼は快活で朦朧《もうろう》たる心持の、のんきな連中に伍《ご》しているのが耐えられなかった上、また彼の額にある極印が、その連中には邪魔になったからである。しかし彼にとってはまた、言語と様式についての喜びも、しだいに快さを増して来た。なぜなら、彼はいつもこう言っていたからである(しかも彼はそれをすでに書き留めてもおいた)――もし表現の悦楽が、われわれをいつも生気溌剌《はつらつ》とさせていないとすると、魂の認識だけでは、われわれは必ず間違いなく陰鬱になるであろう……

彼はほうぼうの大都会や、また南国で暮した。南国の太陽によって、自分の芸術がより豊かに円熟することをひそかに期待したのである。それにまた彼をそこへ惹《ひ》きつけたものは、あるいは彼の母親の血だったかもしれない。しかし彼の心臓が死んでいて、愛を持たなかったために、彼は肉の冒険にはまり込んで、淫欲《いんよく》と焼きつくような罪過との底深く降りて行った。と同時に、言いようもなく悩んだのであった。もしかすると、彼の父――あの背の高い冥想的な小綺麗な身なりの、ボタンの孔に野花を挿していた人の遺《のこ》して行った性質が、彼をその南国でこうまで悩ませたのかもしれない。そしてそれがまた、昔は彼のものであり、今はもうどんな歓楽の中にも見当らぬ、あの霊魂の歓びについての、ほのかな懐かしい追憶を、時折彼のうちによみがえらせたのかもしれない。

官能に対する嫌厭と憎悪とが、そして純潔と端正な平和とに向かっての渇望が彼を襲った。同時に彼は芸術の空気を――ひそやかな生みの喜びのなかで、すべてが萌《も》え、醸《かも》され、芽ばえてゆく不断の春の、生暖かい、甘い、芳香にみちた空気を呼吸していた。だから結局、彼はふらふらと、激しい極端から極端へ、氷のような精神偏重から、身をむしばむような官能灼熱へ、投げやられてはまた投げ返されながら、良心の呵責《かしやく》のもとに、精根の尽きるような生活を、典型的な放恣《ほうし》な異常な、自分でも心の底ではいやでたまらない生活を送ることになるよりほかはなかった。何という彷徨だろう、と彼は時々思った。一体どうして自分は、こんな常軌を逸したいろんな冒険の中へ落ち込んでしまうことができたのかしら。自分は生まれつき決して、緑の馬車に乗ったジプシイなんぞではないじゃないか……

しかし彼の健康が衰えてゆくのと同じ度合いで、彼の芸術家気質は鋭くなって行った。潔癖に、精妙に、貴重に、繊細に、卑俗なものに対して激し易く、調子と趣味との点で、極めて敏感になって行ったのである。彼が初めて世に出た時、関係方面の人々の間には、盛んに喝采と歓喜の声があがった。彼の提供したものは、諧謔《かいぎゃく》と苦悩の知識とにみちた、すぐれた出来栄えのものだったからである。そして早くも彼の名は、昔彼の先生たちが彼を叱る時に呼んだのと同じ名、彼が初めて胡桃と噴水と海とに寄せた頃の詩に署名したのと同じ名、南と北との複合したこの響き、やや外国風な息のかかった平民の名は、優秀なものを名付ける公式となった。なぜといえば、彼の経験の切ない徹底性に、ある稀有《けう》の堅忍不抜な、野心勃々《ぼつぼつ》たる勤勉が加わって、その勤勉が彼の趣味の潔癖な感じ易さと闘いながら、烈しい懊悩のうちに、異常な作品を生み出したからである。

彼は生きんがために働く人のようには働かなかった。生きている人間としての自己には何らの価値を置かないで、ただ創作者としてのみ顧慮せられることを願うゆえに、仕事をする以外には何も欲せず、そしてそのほかの点では、演ずべき役のない限り、無価値な、素顔に返った俳優のごとく、灰色にひっそりと歩き廻っている人――そういう人のように彼は働いた。黙って孤立して、姿を見せずに働いたのである――才能を社会的装飾と心得る連中、貧しいにせよ富んでいるにせよ、勝手に漫然と横行したり、独得のネクタイに贅《ぜい》を尽したりする連中、何よりもまず幸福に、愛想よく芸術的に生きることを心がける連中、良き作物は、ただ苦しい生活の圧迫のもとにのみ生まれるということも、生きている人が働いている人ではないということも、人は創作者になりきるためには、死んでしまっていなければならないということも、まるで知らずにいる連中――そうした小人輩を心から軽蔑しながら。

「お邪魔ですか」とトニオ・クレエゲルは、画室の閾《しきい》に立って問うた。帽子を手に持ったなり、小腰を屈めさえしたのである――リザベタ・イワノヴナは彼が何でも話す女友だちなのに。

「後生だからよして頂戴、トニオ・クレエゲルさん。儀式ばらないで、ずんずん入っていらっしゃいよ」と彼女は、それが癖の、跳ねるような抑揚をつけて言った。「あなたがよくしつけられた方で、礼法は何でも心得ていらっしゃるくらい、誰でも知っていますわ。」同時に画筆を、左の手にあるパレットに持ち添えて、右手を彼のほうに差し出しながら、笑って頭を振り振り、まともに彼の顔を見守った。

「ええ、しかしお仕事中じゃありませんか」と彼は言った。「見せてごらんなさい……ほう、進みましたね。」そして彼は、画架の両側の椅子の上に立てかけてある、彩色したスケッチと、それから大きな、一面に細かい格子形の網で蔽《おお》われた画布とを、かわるがわる眺めた。画布には、雑然模糊《もこ》とした下絵に、最初の色がところどころ塗り始めてあった。

そこはミュンヘンだった。シェリング街のある裏家の、何階も昇った所だった。北向きの窓の外には、青空と鳥のさえずりと日光とが領していた。そしてその窓の開かれた戸から流れ込む、春の若い甘い息は、この広い工房にみちわたる色留薬や油絵の具の匂いとまざり合った。明るい午後の金色の光は、広々として殺風景な画室中に、思うさま溢れ流れて、少し傷《いた》んだ床板と、小壜《こびん》やチュウブや画筆なぞを載せた、窓下の荒削りなテエブルと、壁紙なしの壁にかかった、額縁のない習作とを、遠慮なく照らしていた。また入口に近く、凝った家具を置いた、小さな居間兼休憩所との仕切りになっている、裂目だらけな絹の衝立《ついたて》を照らし、画架にかかった出来かけの作品を照らし、その前にいる閨秀《けいしゅう》画家と詩人とを照らしていた。

彼女はほぼ彼と同年くらい——つまり三十をちょっと越したくらいであろう。紺色の、しみだらけな前掛服で、低い床几《しょうぎ》に腰かけたなり、片手で顎を支えている。引っ詰めた結《ゆ》い方の、わきがもう灰色になりかけた栗色の髪は、まん中から軽く波打ちながらこめかみを蔽って、浅黒いスラヴ型の、限りなく感じのいい顔を縁取っている。顔には丸い鼻と、鋭く突き出た顴骨と、小さい黒い光る眼とがある。緊張して、疑い深く、まるで怒っているような様子で、彼女は眼をしかめながら、流し目に自分の労作を点検している……

彼は彼女のそばに、右手を腰にあてがって立ったなり、左手でせわしなく茶色の口髭《くちひげ》をひねっている。斜めの眉が陰気に懸命に動いていると同時に、彼は微かに無意識に口笛を吹いている――例の通りである。極めて端正堅実な身なりで、着ているのは、落着いた灰色の、地味な仕立ての服である。しかし黒い髪がごく簡単にしかも整然と分けてあるその下の、悩みを経た額には、神経的なひらめきがあったし、また南国型の顔の相はすでに鋭く、いわば堅い鑿《のみ》でなぞられ、えぐられたようになっていた。ただし口の輪廓はやはりいかにも優しく、顎の形はいかにも柔らかだった。……ややあって、彼は片手で額と眼をひとなでをすると、顔をそむけた。

「僕は来るんじゃなかった」と彼は言った。

「なぜいらっしゃるんじゃなかったの、トニオ・クレエゲルさん」

「たった今僕は仕事をやめて来たところなのですがね、リザベタさん、僕の頭の中は、この画布とちょうど同じ有様なのです。まあ足場のような、さんざん筆を入れた、漠然たる見取図のようなもので、それに所々色が塗ってあるというわけですよ、まったく。ところが今ここへ来て見ると、それと同じ物を見つけた。それにまた家で僕を苦しめていた葛藤と対立にも」と言って彼はせわしく鼻で息をした。「ここでまたぶつかりました。不思議ですよ。ある考えに支配されると、どこへ行ってもその考えが表わされているのに遭《あ》う。風の中にまでその匂いが入っている。色留薬と春の香り、ですね。芸術と——さあ何だろうな、もう一つは。『自然』だなんて言ってはいけませんよ、リザベタさん。『自然』じゃ言い足りませんからね。ああ、こんなことなら、散歩に行ったほうがよかったかもしれない。もっともそのほうが今よりも愉快になれたかどうだか、それは疑問ですがね。今から五分間前、ついこの近所で、僕は同業の一人——小説家のアダルベルトに出くわしました。『神よ、春を呪え』とその男は持ち前の侵略的な文体で言うのです。『春というやつは、どうしたって一番やりきれない季節だ。君は辻褄《つじつま》の合ったことが考えられるか、クレエゲル君、落ち着いて、ちょっとでも山や効果を作り出すことができるかね——血がいかがわしくむずむずして、いろんな度外れな感興が、気をわくわくさせる時にさ。しかもその感興をよく調べて見れば、すぐに化けの皮がはがれて、断然くだらない、まったく役に立たないものになってしまうんだ。ところで僕はどうするかといえば、これからカフェエへ行く。カフェエという所は、季節の移り変りに煩《わずら》わされない中立地帯だからね。まあ言ってみれば、カフェエは文学者の超越的な崇高な領域だ。その域内じゃ、普通より高尚な着想だけしか浮かんで来ないわけだ……』そう言ってその男はカフェエに行ってしまいましたがね、あるいは僕も一緒に行くべきだったかもしれない」

リザベタはおもしろがった。

「まあ、面白いのね、トニオ・クレエゲルさん。『いかがわしくむずむずする』とか何とかいうのは面白いわ。それにその方の言うことは、いくらかもっともじゃありませんか。何しろ春は、ほんとに仕事が大してできない時ですものね。でもまあ、よく聞いていらっしゃい。わたしこれからね、やっぱりこのちょっとしたところを仕上げてしまいますわ。このちょっとした山と効果って、アダルベルトさんなら言うところでしょうね。それが済んだら、御一緒に『お客間』へ行ってお茶を飲みましょう。そしてあなたは言いたいだけのことを言っておしまいになるのよ。だってあなたは今日、胸がつかえていらっしゃるのが、わたしちゃんと分かっていますの。それまではまあどこかに、そうねえ、なんならその箱の上にでも配合されていて下さいな。もしその貴族的な御衣裳が気にならないなら……」

「まあまあ、僕の衣裳なんぞどうだっていいじゃありませんか、リザベタ・イワノヴナさん。あなたは僕にぼろぼろのビロオドの上着か、赤い絹のチョッキか何かで、歩き廻ってもらいたいんですか。誰でも芸術家として、内面的にはいつだって充分いかさま師ですからね。外面的には、ほんとにどうしても上等ななりをして、尋常な人間らしく振舞わなくちゃいけないのですよ……なあに、僕は胸がつかえているわけじゃない」と彼は言いながら、彼女がパレットで色をまぜるのを眺めていた。「さっきも言ったでしょう。僕の頭にあって僕の仕事をさまたげるものは、問題と対立なのです。……ところで今何の話をしていたかな。小説家アダルベルトのことでしたね。あの男が実に威張ったしっかりした男だということでしたね。『春は一番やりきれない季節だ』と言ってあの男はカフェエに行った。人は自分の欲することをわきまえていなければならないはずですからね。よござんすか、僕も春になるといらいらします。僕も春の呼び起こす追憶や感覚の、愛すべき平凡さにはまごつかされる。ただ違うのはですね、僕にはそれだからといって、春を罵《ののし》ったり蔑《さげす》んだりする勇気は出せないのです。というのは、実をいえば、僕は春に対して恥じている。春の純な自然性と、すべてを負かす若さとに対して恥じているのです。だから僕は、アダルベルトがそんなことをまるで知らないのを、うらやんでいいか侮《あなど》っていいか分からない……

春は仕事がしにくい。その通りです。が、なぜでしょう。われわれが感ずるからです。そして創作する者は感じても差支えないと思うような人は、へっぽこだからです。真正の率直な芸術家なら、誰でもこのへぼ作者の迷妄の幼稚なのを微笑します――憂鬱な微笑かもしれないが、ともかく微笑します。なぜといって、およそ人が口で言うことは、もちろん決して第一義であってはならない。第一義はまさに、それ自体としては無価値ながら、それを組み合わせて、美的形象が余裕綽々《しゃくしゃく》たる優越をもって作り出される素材にあるはずですからね。もしあなたが、口で言うべきことをあまりに大事がったり、それに対して心臓があまり暖かく鼓動しすぎたりすれば、あなたは完全な失敗を招くものと思って間違いはありません。あなたは悲壮になる。感傷的になる。あなたの手からは、鈍重な、たどたどしくまじめな、まとめきれない、むき出しな、匂いも味もない、退屈な、陳腐なものが出来上がります。そして結局、世間は冷淡だけを、あなた自身は幻滅と悲痛だけを感じるというのが落ちですね。……つまりこういうわけですよ、リザベタさん。――感情というものは、暖かな誠実な感情は、いつも陳腐で役に立たないもので、芸術的なのはただ、われわれの損なわれた、われわれの技術的な神経組織が感じる焦躁《しょうそう》と、冷たい忘我だけなのです。われわれは超人間的でまた非人間的なところがなければ、人間的なことに対して妙に遠い没交渉な関係に立っていなければ、その人間的なことを演じたりもてあそんだり、効果をもって趣味をもって表現したりすることはできもしないし、またてんからそんなことをしてみる気にさえもならないわけです。文体や形式や表現なんぞの天分というものがすでに、人間的なことに対するこの冷やかな贅沢な関係を、いや、ある人間的な貧しさと寂寥《せきりょう》とを前提としています。何しろ健全な強壮な感情というものは、何といっても無趣味なものですからね。芸術家は人間になったら、そして感じ始めたら、たちまちもうおしまいだ。それをアダルベルトは知っていた。だからカフェエに行ったのです。あの『超越的領域』へね。そうですとも」

「じゃ、神とともにいませ、バトゥウシュカ、でしょう」とリザベタは言いながら、金盥《かなだらい》で手を洗った。「あなたは何も、その方についてゆくには及ばないじゃありませんか」

「ええ、リザベタさん、僕はあの男については行きません。しかもそれはただひとえに、僕が時々春に対して、僕の芸術生活を少しは恥じることができるからなのですよ。

ねえ、僕は折々未知の人たちから手紙を貰います。僕の読者からの称讃状、感謝状ですね。感動した人たちの、嘆賞に溢れた書面ですね。僕はそういう書面を読む。すると僕の芸術のひき起した、この暖かい拙《つたな》い人間的な感情に面して、僕はひそかに心を動かされる。行間に溢れている感激した天真に対して、一種の同情に襲われる。そうしてこう考えると――もしこの正直な人間が、ひと目でも楽屋裏を覗いたら、その人の無垢な心が、実直な健全な尋常な人間は、決して書いたり演じたり作曲したりしないものだということを了解したら、その人はどんなに興ざめてしまうに違いなかろうと考えると、僕は顔が赤くなるのです。……しかしそれはまたそれとして、一方じゃ僕は平気で、僕の天才に対するその人の嘆賞を利用して、気持をたかめたり刺戟《しげき》したりする道具に使うし、またそれを大いに真に受けながら、まるでえらい人間をまねる猿のような顔もするのです……いけません、口を出しちゃ、リザベタさん。ほんとに僕は、人間的なことに参与しないで、人間的なことを表現するのが、往々死ぬほどいやになるのですよ。……芸術家というものは、そもそも男でしょうか。それは『女』にきくがいい。僕はどうもわれわれ芸術家は、みんなあの法王庁のわざと仕立てた歌い手と、いささか運命を同じゅうしているような気がする……われわれは実にいじらしいほどいい声で歌うからな。でも

――」

「少しは恥を知るものよ、トニオ・クレエゲルさん。さあ、お茶にいらっしゃい。お湯もじき沸きますし、それから煙草紙《パピロス》もここにあります。ソプラノ歌いの所でお話が切れたんでしたね。さあ、どうか御遠慮なくその続きを。でも恥は知らなければね。あなたがどんなに誇らしい情熱で、天職に身を任せていらっしゃるか、それをわたしが知っているからいいようなものの……」

「どうか『天職』はぜひよして下さい、リザベタ・イワノヴナさん。文学は決して天職でも何でもない。それは呪いなのですよ――いいですか。いつ頃それが感じられ始めるでしょう、この呪いが。早くから、怖ろしく早くからです。まだ当然安穏に、神とも世とも和らぎながら暮すべきはずの時代からです。あなたは極印を打たれたような、ほかの尋常一般の人たちと妙に対立しているような感じがし始める。皮肉と不信仰と反抗と認識と感情との深淵が、あなたを人間たちから切り離してだんだん深く口を開く。あなたは孤独だ。そしてその時以後は、もう何ら疎通の道はないのです。何という運命でしょう。もしも心臓が、それを怖ろしいと感じ得るだけの、いのちと愛とを保っていたとしたら、どんなでしょう。……あなたの自意識はただれてしまう。それはあなたが何千人の中にいても、額の極印を感じるし、その極印が誰の眼をも逃れないと自覚するからです。僕はある天才的な役者を知っていましたがね、それは人間としては、病的なはにかみとあやふやとに苦しめられている男でした。過敏になった自意識と役の不足、俳優的使命の不足とが相俟《あいま》って、この完全な芸術家であり貧しい人間である男に、そんな思いをさせるに至ったわけですね。……芸術家を、本当の芸術家を、芸術を渡世とする人でなく、宿命的な呪われた芸術家を、あなたはちょっとした炯眼《けいがん》でもって、大勢の中からでも見抜くことができる。分離と除外の感じ、見知られて観察されているという感じ、威儀があると同時に間《ま》の悪そうな趣きが、その顔に現われているのです。平服で群衆の中を闊歩してゆく太公か何かの顔色に、まあそんなようなところが見られるでしょうね。でもこの場合、平服なんぞ何の役にも立たないのですよ、リザベタさん。変装をしたって仮面をかぶったって、賜暇《しか》中のアタッシェか、近衛《このえ》の少尉か何かのようななりをしたって、だめなのです。あなたが眼をあげるかあげないうちに、ひとこと口を利くか利かないうちに、もう誰にでも、あなたは人間じゃなくって、何か見知らぬ奇妙な異なったものだということが、分かってしまうでしょうからね……

しかし芸術家とは何ぞや。どんな問題に対しても、人類の安逸を好む心、認識をなおざりにする心は、この問題に対するほど、その根強さを示したことはありません。『そうしたことは天稟《てんびん》だ』と、ある芸術家の感化のもとにいる善人たちはそう言う。そして快活な崇高な作用というものは、その人たちの温良な意見に依れば、絶対にまた快活な崇高な源を持っているに違いないのですからね、この『天稟』なるものが、極めて悪い条件の、極めて怪しげなものかもしれないという疑いをさしはさむ者は、誰一人ありはしません。……芸術家が怒りっぽいのは、誰でも知っていますね――ところでまた、清い良心と手堅い基礎のある自信とを持った人たちには、普通そんなことがないのも、みんな知っています。……ねえ、リザベタさん、僕は魂の底に――精神化してですが――芸術家という型に対する嫌疑をいだいているのですよ。あの向こうの狭い町にいた、僕の尊厳な先祖たちはみんな、もし自分の家に何か香具師《やし》のような、うろんな軽業師のような奴でも入って来たら、きっとそいつを怪しいと思ったでしょうが、それと寸分ちがわない嫌疑を僕はいだいているのですよ。こんな話があります。僕はある銀行家を識《し》っています。もう古手の事務家ですがね、これが小説を書くという天稟を持っているのです。暇な折々にこの天稟を用立てますが、書く物には往々随分すぐれたものがあります。この英邁《えいまい》な資性にもかかわらずですね――僕は『かかわらず』と言うのですよ――この男は完全に無瑕瑾《むきず》というわけじゃない。それどころか、すでに重禁錮に処せられたことがある——しかも有力な理由によって。つまり実をいえば、この男は監獄の中でやっとその才能を自覚したわけで、囚人としての経験がその全作品の基調をなしているのですね。このことから多少大胆に推断すれば、詩人になるためには、ある種の監獄の事情に通じている必要がある、とも言えるでしょう。しかしこういう嫌疑が湧き上がって来はしませんか——その男の獄内の体験よりは、入獄するに至った事情のほうが、さらに密接に、その男の芸術生活の根源と癒着《ゆちゃく》しているのかもしれないという嫌疑が。小説を作る銀行家、それは珍現象でしょうね。しかし前科のない、無瑕瑾な、手堅い銀行家でいながら小説を作る人——そんな人はあったためしがないのです。……なるほど、そう言うとあなたはお笑いになるが、しかし僕はこれで半分は本気なのですよ。どんな問題だって、この世の中のどんな問題だって、この芸術生活とその人間的作用という問題よりも悩ましいものは、決してありません。まあ、あの最も典型的な、したがって最も力強い芸術家の、最も奇蹟的な作物を、例に取ってごらんなさい。たとえば『トリスタンとイゾルデ』のように、病的でまた非常に曖昧《あいまい》な作品を、例に取ってごらんなさい。そうしてその作品が、一人の若くて健全でごく普通の感覚を持った人間に、どんな作用を及ぼすか、それを観察してごらんなさい。すると、その人間が高められ力づけられて、心から真正直に感激した上、なお刺戟されて、ことによると、自分も『芸術的』な創作をしたくなるのが見られます。……ディレッタントは甘いものじゃありませんか。われわれ芸術家の内心は、そんな人が『暖かい心』や『真正直な熱狂』なんぞでもって、勝手に夢想しているのとは、まるっきりちがった有様なのですからね。僕は芸術家が女たちや青年たちに取りまかれて、喝采を浴びせられているのを見たことがある――しかも自分はその芸術家の心持をよく知っていながらね。……実際、芸術生活の由緒とか、随伴現象とか、条件とかいうことにかけては、何度となく奇妙きわまる経験をするものですよ……」

「それは他人についての経験でしょう、トニオ・クレエゲルさん――失礼ですけど――それとも他人についてばかりじゃないんですか」

彼は黙った。例の斜めの眉をしかめたまま、無意識に口笛を吹いている。

「どうかそのお茶碗を、トニオさん。このお茶は濃くないのよ。それから、もう一本煙草《たばこ》はいかが。それにしても、あなたよく御存知なのでしょう、御自分が物事を、別にぜひそう見る必要はないような見方で、見ていらっしゃるのを……」

「ホレエショオの返答はこうですね、リザベタさん。『物事をかく眺めるというは、取りもなおさず、物事を詳しく眺める謂《いい》であろう。』そうでしょう」

「わたしの言うのは、物事はもう一つの側からでも、同じように詳しく眺めることができるということですよ、トニオ・クレエゲルさん。わたしはほんの馬鹿な画描《えか》きの女なのですからね、今あなたにともかく何かお答えできるとしても、またあなた御自身の天職を、あなたの攻撃から防いであげられるとしても、わたしの持ち出すことは、決して何も新しいことじゃなくて、ただあなたがよく御承知のことを、思い出させてあげるだけなの。……つまり、例えば文学の浄化する力、神聖にする力とか、認識と言葉とで情熱を破壊することとか、理解と赦《ゆる》しと愛とへゆく道としての文学とか、言語の救済力とか、人間精神一般の中の、一番気高い現われとしての文学的精神とか、完全人として、聖者としての文学者とかいうことですわ。――こういう風に物事を眺めるというのは、取りもなおさず、物事を充分詳しく眺めることになりはしませんの」

「あなたにはそうおっしゃるだけの権利がある、リザベタ・イワノヴナさん。ことにあなたの国の詩人たちの仕事を、あの崇拝すべきロシア文学を頭に置いて言うとね。ロシア文学こそは、あなたの言われた神聖な文学を、本当に表わしているのですから。でも僕は、あなたの抗議を勘定に入れなかったわけじゃありません。それはやっぱり、今日僕の心にわだかまっているものの一部分なのです。……僕の顔を見てごらんなさい。極端に元気そうには見えますまい。少し老《ふ》けて、顔つきが尖って、だるそうでしょう。さあ、そこで『認識』へ後戻りして言うとですね、まあこういう人間が考えられるでしょう。生まれつき信仰が深くて、おとなしくて、善意に富んで、少し感傷的なのが、心理的な透視力のために、一も二もなく精根を疲らされて、滅ぼされてしまおうという人間ですね。浮世の悲しみに打ち負かされてはいけない。どんなに悩ましいことでも観察しろ、覚えておけ、書き込んでおけ。そのうえ存在といういまわしい発明に対する道徳的優越を、胸一杯に意識するだけでも、すでに上機嫌にしていなければならない――そりゃもちろんそうでしょう。それでも時には、表現の楽しみがあっても、多少やりきれなくなりますよ。すべてを理解するのは、すなわちすべてを赦すことになるというのですか。僕にはやっぱり分からない。世の中には、僕が認識のむかつきと名づけているある物があります、リザベタさん。それはね、人間が一つの事柄を見抜きさえすれば、たちまちもう死ぬほど胸が悪くなる(しかも決して宥恕《ゆうじょ》なんぞできる気持じゃない)という状態です――例えば、あのデンマアク人ハムレット、あの典型的な文学者の場合ですね。

知るために生みつけられていないのに、知るという使命を授かること、それがどんなことだか、ハムレットは知っていました。感情という涙のベエルを貫いてまでも、透視し認識し記憶し観察して、しかもその観察したものを、手と手がもつれ合い、唇と唇とが触れ合う瞬間、人間の眼が感覚にくらまされて見えなくなる瞬間に及んで、微笑しながら片寄せてしまわなければならない――これは不届きなことです、リザベタさん、けしからんことです、憤慨すべきことです……しかし憤慨したところで、何の役に立つでしょう。

それからこの事柄のもう一つの、しかも同様にありがたくない側はといえば、それはもちろん、一切の真理に対する無感激と無関心と皮肉な倦怠《けんたい》となのです。ともかく、もう老獪《ろうかい》になっている才子才人の社会ほど、黙々とした、あじきない所は、この世のどこにもないというのは事実ですからね。あらゆる認識は古くて退屈です。ある真理を――その克服と所有とにあなたがおそらく若々しい喜びを感じている真理を、口に出して言ってごらんなさい。そうすれば、あなたの陳腐な悟りは、鼻から出るごく短い息で答えられてしまうのです。……ああ、ほんとに文学は人を疲らせますよ、リザベタさん。人間社会では、請け合っていいますが、あんまり懐疑的で意見を吐かずにいると、ほんとはただ高慢で臆病なのに、馬鹿だと思われることがよくあるものですがね。『認識』についで言うことはこれだけです。今度は『言葉』ですが、この場合はおそらく解脱ということよりも、感情を冷やすこと、氷の上に載せることが、眼目じゃないでしょうかね。冗談はおいて、この文学的言語で、手っ取り早く浅薄に感情を片付けてしまうという奴は、氷のような、また癪《しゃく》にさわるほど僭越《せんえつ》なわけのものですね。もしあなたの心があまりいっぱいになりすぎたら、ある甘い、または崇高な体験のために、あまり感動しすぎたらどうしますか。これほど造作のないことはありません。文学者の所へ行くのですよ。そうすれば、すべてはごく短い時間で整えられてしまいます。文学者はあなたの案件を、解剖し公式化し名を指し言い現わし、語らしめてくれるでしょう。そのこと全体を、永久に片付けて無興味にしてしまって、しかも決して御礼なんぞは受け取らないでしょう。ところが、あなたのほうは、軽くなった、熱のさめた、澄み渡った気持で家に帰る。そしてその事件のどこが一体、今の今まで、心を甘いときめきでみだしていたのかと、ふしぎに思うでしょう。しかもこの冷酷で見栄坊の山師を、あなたは本気で保証しようというのですか。何でも一度口に出して言えば、もう片付いてしまう、というのがこの山師の信条です。もし全世界が言われてしまえば、全世界が片付いて、救われて、終わってしまうわけです。……実に結構ですね。といっても、僕は決して虚無主義者でも何でもないが……」

「あなたは決して――」とリザベタが言った。……ちょうど茶の入った小匙《こさじ》を口のはたに持って行ったところだったが、そのままの形でこわばってしまった。

「まあまあ、しっかりして下さい、リザベタさん。僕はそんなものじゃないと言っているのですよ、生きた感情の上ではね。いったい文学者というものには、言葉に出されて『片付けられて』しまってからあとでも、人生はやっぱりまだそのまま生き続けて行くかもしれないし、それを恥とも何とも思わないということが、要するに解らないのですよ。ところがどうです。人生は文学のおかげで解脱させてもらったにかかわらず、平気でどしどし罪を犯して行くじゃありませんか。罪と言ったのは、精神の眼から見れば、あらゆる行為は、ことごとく罪に見えるからです……

僕はこれで目標に達したわけです、リザベタさん。よく聞いて下さい。僕は人生を愛しています――これは一つの告白です。どうか受け取って、しまっておいて下さい――まだ誰にもしたことのない告白なのですから。世間は僕が人生を憎んでいるとか、怖れているとか、軽蔑しているとか、嫌いぬいているとか言いました。いや、そう書いて活字にまでしました。僕はそれを喜んで聞いた。媚《こ》びられる気がしたのですね。だからといって、しかしそれが嘘だということは、ちっとも変わりはしない。僕は人生を愛しているのです。……にやにや笑っていますね、リザベタさん。何を笑っているか、僕は知っていますよ。しかしどうかお願いですから、今僕の言っていることを、決して文学だと思わないで下さい。どうかチェザレ・ボルジアだとか、この男をかつぎ上げている、何か酔っ払った哲学のことなんぞ考えないで下さい。この男なんか、このチェザレ・ボルジアなんか、僕にとっては何でもないのです。僕は毛頭この男を尊敬してはいないし、またなぜみんなが特異な悪魔的なものを、理想としてあがめるのだか、決して永久に解りっこないでしょう。いや実際、精神と芸術とに、永遠の対立として向かい合っている『人生』は、決して血腥《ちなまぐさ》い偉大さとか、荒々しい美とかいう幻影として――つまり異常なものとして、われわれ異常な者たちの眼に映じているのではありませんよ。ただ尋常な端正な快適なものこそは、われわれの憧憬の国土であり、誘惑的に平凡な姿をした人生なのです。最後の最も深い心酔が、洗練された奇矯な悪魔的なものである人、無邪気な単純な溌剌《はつらつ》としたものへの憧憬や、いささかの友情、献身、親睦《しんぼく》、人間的幸福への憧憬や――つまり凡庸性の法悦へ向かっての、ひそかな烈しい憧憬ですね――そういう憧憬を知らない人は、まだなかなか芸術家とは言われないのですよ、リザベタさん……人間的な友だち。もし人間の中に一人でも友だちがあったら、僕は得意な幸福な気持になるでしょう、と言っても信じて下さるかしら。それだのに今まで僕は、悪魔や妖精や地の底の怪物や、認識で啞になった幽霊どもの中に——というのは文学者たちの中にしか、友だちを持ったことがないのです。

時々僕はふと、どこかの演壇に上がって、僕の話を聴きに来た人たちと、広間の中で向かい合うことがあります。そうするとですね、僕はよく自分が聴衆を偵察しているのに気がつきます。自分の所に来てくれたのは誰だろう、どんな人たちの喝采と感謝とが、自分の所まで押し寄せて来るのだろう、自分の芸術は今、自分をどんな人たちと、理想的に融合させてくれるのだろう、と胸に問いながら、聴衆席をひそかにあちこち窺っているる自分を、自分でふいと捕まえるのですね。……リザベタさん、僕の探しているものは見当りません。見当るものは、僕におなじみの群です。集団です。それは、いわば、初期のキリスト教徒の集まりのようなものです。——不器用なからだと微妙な魂を持った人たち、まあ言ってみれば、いつもころびがちな人たち——そう言えば分かるでしょう——詩を人生への穏やかな復讐とする人たちなのです。つまりいつもきまって、悩んでいる人、あこがれている人、哀れな人ばかりで、もう一方の、碧い眼をした、精神を必要としない人たちは、決して一人も来てくれないのですよ、リザベタさん……

しかしもし来てくれたとして、それを喜ぶというのは、要するに論理観念のなさけない欠乏じゃないでしょうか。人生を愛していながら、しかもあらゆる手だてを尽して人生を自分の側《がわ》に引き入れようとする——繊細とか憂鬱とかいうもの、つまり文学の病的な貴族性全体の味方につけようとするのは、不合理です。地上では芸術の国土が拡がって、健全と無垢の国土がせばまって行きます。だから本当は、その中でまだ残っているものを、できるだけ大切に保存しておくべきはずで、早取写真のついた馬の本を読むほうが、ずっと好きだというような人たちを、詩のほうへ誘惑しようなんぞと思ってはいけないのです。

なぜといって結局——芸術で腕を試そうとする人生の姿ほど、あわれむべき姿があるでしょうか。ディレッタントであり、溌剌たる人間であって、しかもその上、折に触れてちょいちょい芸術家になれる、なんと思っている人たちほど、われわれ芸術家が根本的に軽蔑する者はありません。本当のことですがね、こうした軽蔑は、僕の最も個人的な体験の一つになっているのですよ。僕はある上流の家の集まりにいました。食う。飲む。しゃべる。和気藹々《わきあいあい》としている。で、僕はこの無邪気な正則な人たちの中に、しばらくのあいだ同類として隠れていられるのを、嬉しくありがたく思っていたのですね。突然(こんな目に僕は逢ったのですよ)一人の将校が立ち上がった。少尉です。綺麗なきびきびした人間です。僕はこの男が、その名誉ある服装に値せぬような振舞いをしようなんとは、夢にも思っていなかったのです。立ち上がると、明晰《めいせき》な言葉で、自分で作った詩を、少しばかり皆に披露するのを許してくれと言いました。皆が呆れたように微笑しながら、その許しを与える。そこで少尉は、その計画を実行した——つまり、それまで上着の裾に隠しておいた紙片から、自分の作品を読み上げたのです。何か音楽と恋とに寄せたものでしたがね、要するに実感も溢れてはいるが、同時に何の効果もないものでした。一体どうしたことでしょう。——少尉ですよ。世間の強者ですよ。そんなことをする必要はまったくないだろうじゃありませんか。……さあ、そこで当然起こるべき結果が起こりました——一座の間《ま》が悪そうな顔と沈黙と、わずかな、わざとらしい喝采と、深い深い気まずさとなのです。僕が意識した第一の心的事実は、この無考えな若い男が一座にもたらした興ざましには、僕自身が連累者《れんるいしゃ》として感じているということです。見れば疑いもなく、僕のほうにも、僕の商売でこの男がしくじったのですからね、嘲《あざけ》るような呆れたような視線が向けられています。ところで第二の事実は、今の今まで僕はこの男の風格に、満腔《まんこう》の敬意を感じていたのに、今や僕の眼から見ると、この男はたちまち低く低く沈みに沈んでゆくということでした。……同情を含んだ好意が僕をとらえました。僕はほかに二、三、勇敢な温厚な紳士たちと同じく、少尉のそばへ歩み寄って、こう励ましたのです。『お喜び申します』と僕は言いました。『少尉殿、何という結構な御才能でしょう。いや、まったく見事なものでしたな』と言って、僕はもう少しで少尉の肩を叩くところでした。しかし好意というものは、少尉とも言われる人に寄せるべき感情でしょうか。……その男が悪いのです。そこに突っ立ったなり、その男は大いにてれながら、自分の生命を代償としないで、芸術という月桂樹からたった一っ葉《ぱ》でも摘んで構わないと思った、迷誤の罰を感じていましたっけ。いや、こうなると僕は、僕の同業者のほうに、あの前科者の銀行家のほうに加勢しますよ。――僕今日は、なんだかハムレットのように饒舌《じょうぜつ》ですね。リザベタさん、そう思いませんか」

「もうそれでおしまいですか、トニオ・クレエゲルさん」

「いいえ。しかしもうなんにも言いません」

「ほんとにこれで充分ですわ。――返事を待っていらっしゃるの」

「返事があるんですか」

「あると思いますけど。——わたしよく伺っていましたの、トニオさん、始めからおしまいまでね。それで今日の午後おっしゃったことの、どれにでも当てはまるような返事をしてあげたいの。それがまた、あなたをあんなにいらいらさせた問題の解決になるんですよ。さあ言いましょう。解決というのはね、あなたはそこに坐っていらっしゃるままで、何の事はない、一人の俗人だというんです」

「僕が」と彼はきき返して、少したじろいだ。

「ほらね、ひどいことを言うとお思いになるでしょう。そりゃ無論、そうお思いになるはずですわ。ですからわたし、この判決をもう少し軽くしてあげましょう。わたしにはそれができるのですから。あなたは横道にそれた俗人なのよ、トニオ・クレエゲルさん——踏み迷っている俗人ね」

——沈黙。やがて彼は決然と立ち上がって、帽子とステッキを手に取った。

「ありがとう、リザベタ・イワノヴナさん。これで僕は安心して家へ帰れます。僕は片付けられてしまったのですから」

秋になる頃、トニオ・クレエゲルはリザベタ・イワノヴナに言った。

「あの、僕これから旅行に出かけますよ、リザベタさん。風を入れなくてはなりません。逃げ出すのです。逐電するのです」

「まあ、どうしてなの、小父様《おじ》、またイタリアへお越し遊ばすのでございますか」

「何をくだらない。イタリアなんかよして下さいよ、リザベタさん。イタリアなんぞ、僕にとっては、軽蔑したくなる程つまらない所です。僕が自分を、イタリアに属すべき人間のように妄想していたのは、もうずっと昔のことです。ねえ、芸術でしょう。ビロオドのように青い空と、熱い葡萄酒《ぶどうしゅ》と、甘い肉感でしょう。……要するに、僕はそんなものは嫌いなのです。要《い》らないのです。そんな美《ベレッツア》はみんな僕をいらいらさせるばかりですもの。それにあの国の獣めいた黒い瞳の、怖ろしく元気のいい人間も、僕は好きじゃありません。あのラテン人種の眼の中には、良心というものがまるでないのですよ。……いえ、僕はこれからちょっとデンマアクへ行くのです」

「デンマアクへ?」

「そうです。きっといいことがあると思いますよ。若い時分は、国境のすぐそばで、ずっと暮していたのに、偶然まだ一度も、あっちへ行ったことはないのですがね、それでも昔から僕は、あの国がなじみで、好きだったのです。この北方的な傾向を、僕はきっと父から受け継いでいるに違いありません。なぜといって母は、もしあらゆるものに無関心でなかったとすれば、本当はやっぱり美《ベレッツァ》のほうが好きだったのですからね。しかしあっちで書かれる本のことを、あの深刻な純粋な、しかも諧謔に富んだ本のことを考えてごらんなさい、リザベタさん——僕にはあれほど貴いものはない。僕は好きですね。それからスカンジナヴィアの食事のことを考えてごらんなさい、あの無類な食事のことを。あれは強い潮風の吹く所でなければ、食べられるものじゃないのです（僕は今でも平気で食べられるかどうですかね）。あれは僕もとから少しは知っています。僕の郷里でも、まったくあの通りの食事なのですから。それからまたあそこの人たちを綺麗に飾っている名前のことを、呼び名のことを考えてごらんなさい。僕の郷里にも、やっぱりそういうのがたくさんあります。まあインゲボルグといったような響きですね。最も清浄な詩を竪琴で奏でたようなね。それから今度は海です——あそこにはバルチック海があるのですよ。……まあ、手短に言えば、僕はあそこまで旅をするのです、リザベタさん。バルチック海に再会したり、あの呼び名をまた聞いたり、あの書物を本場で読んだりしようと思います。それからクロオンボルグの高地にも立つつもりです——『幽霊』がハムレットに現われて、苦難と死とを、この哀れな気高い若人にもたらした場所ですね……」

「どういらっしゃるの、トニオさん、聞かせて下さいな。どういう道筋をお取りになるの」

「普通のですよ」と彼は肩をそびやかしながら言って、目に見えて赤くなった。「実は僕の——僕の発足点に立ち寄って行きます、リザベタさん、十三年振りで。きっとずいぶん妙な気がするでしょうよ」

彼女は微笑した。

「そこなのよ、わたしが伺おうと思ったのは、トニオ・クレエゲルさん。じゃまあ、御機嫌よく行っていらっしゃい。お便りを下さることもお忘れなくね、よござんすか。きっといろんな経験を盛ったお手紙が頂けると思って、待っていますわ——そのデンマアク旅行からね……」

かくしてトニオ・クレエゲルは、北に向かって旅立った。彼は贅沢な旅行をした(内面的に他の人々よりもずっと窮している者は、多少の外面的愉楽を当然要求して差支えない、と彼はいつも言っていたからである）。そして昔自分の発足した狭い町の尖塔が、眼前に灰色の空を衝《つ》いてそびえ立つまで、憩わなかった。その町で彼は短い不思議な滞在をした……

狭い、煤《すす》けた、いかにも奇妙に懐かしい構内に、列車が進み入った時、曇った午後はもう夕暮になりかけていた。汚らしいガラス屋根の下には、まだ相変らず煤煙がもくもくと丸まったり、きれぎれに棚引いては、ゆらゆら動いたりしていた――ちょうど昔トニオ・クレエゲルが、冷嘲だけを胸にしながら、ここを旅立った時のように。――彼は荷物をまとめると、ホテルに届けてもらうように取り計らってから、停車場を出た。

その構外にずらりと並んでいるのは、この町の、二頭立てで黒くて、縦にも横にも図抜けて長い辻馬車だった。彼はその中のどれにも乗らなかった。ただ眺めただけであった――すべてをただ眺めたと同じく。幅の狭い破風をも、近所の屋根越しに挨拶を送っている尖った塔々をも、彼のまわりの、大口を開いてしかも早口で話す、金髪の、なげやりで鈍重な人間たちをも。すると、ある神経質な笑いがこみ上げて来た。すすり泣きとひそかに相通ずる笑いが。――彼は徒歩で行った。しめっぽい風の絶え間ない圧迫を顔に感じながら、ゆっくり歩いて、神話に因《ちな》んだ像が欄干についている橋を渡ると、しばらく港づたいに進んだ。

いやはや、そこいらじゅうが何もかも、小さく狭苦しく見えることはどうだ。ここではあれから今日まで、この狭い破風屋根の小路が、ずっとこんなに滑稽に急勾配で、町のほうへ行っていたのかしら。船の煙突や帆柱が、風と黄昏《たそがれ》に包まれて、河の上で音もなく揺れている。あそこの通りを、当てにして来た家のあるあの通りを、上って行ったものだろうか。いや、明日にしよう。今はひどく眠いから。旅疲れで彼の頭は重く、緩慢な、霧のような考えが胸の中を通るのである。

この十三年の間にも、胃の悪い折々などに、彼はこの坂になった小路にある、古い、こだまする家にまた帰って来た夢を見ることがあった。父親もまた再びそこにいて、彼の堕落した行状を責めて、きびしく叱りつける。するとその度に、彼はなるほどそれが当然だと思うのだった。ところでこの現在も、そうした惑わすような、引き裂きがたい夢幻の一つと何の選ぶところはない。そんな夢幻のなかでは、よくこれが嘘だろうか真《まこと》だろうかと、自問することがある。そして余儀なくたしかに真だときめてしまうが、結局やっぱり目をさますことになる。……彼は、あまりにぎやかでない、風当りのひどい通りを歩いて行った。風に向かって頭を下げたなり、この町第一流のホテルの方角へ、夢遊病者のように歩いて行った。そこに今夜泊るつもりなのである。脚の曲がった男が一人、尖端に小さな焰《ほのお》の燃えている棒を持って、うねるような水夫式の足並みで彼の前を歩きながら、ガス燈を点《つ》けて行った。

自分は一体どうしたのだ。自分の倦怠《けんたい》の灰の下に、明らかな焰ともならず、ほの暗くやるせなく微光を放っているものは、これはみんな何なのだろう。静かに、静かに。一言も利くな。なんにも話すな。彼はいつまでもこうやって風に吹かれながら、おぼろげな、夢のように懐かしい小路から小路へと、歩いて行きたかった。しかしすべては実に狭く寄り合っていた。すぐに目的地に来てしまうのである。

町の山の手にはアアク燈があって、それがちょうど輝き始めていた。そこにホテルがあった。その前に臥《ね》ている二匹の黒い獅子もある。子供の時分、彼はこれがこわかったものである。獅子は相変らず、今にもくさめをしそうな顔つきで、互いに見合っている。しかしあの時分から見ると、ずっと小さくなったように思われる――トニオ・クレエゲルはその二匹の間を通って行った。

歩いて来たせいで、彼はかなり無造作に迎えられた。門番と、それからきわめて瀟洒《しょうしゃ》たる黒服の、絶えず小指でカフスを袖口から押し戻している受附の人とが、彼を脳天から靴まで、じろじろと吟味するように、値踏みするように眺めた。その様子は確かに、彼を社会的に鑑定して——階級的公民的な位地をきめて、自分たちの尊敬の中で、ある席を与えようと努めているらしかったが、どうしても得心のゆくような結果が得られなかったために、適度の鄭重《ていちょう》さで扱うことにきめてしまった。一人の給仕が——物柔らかな人間で、薄い明色《ブロンド》の頬髯を長くのばして、古さでぴかぴか光る燕尾服《えんびふく》を着て、音のしない靴に薔薇《ばら》形の飾りをつけていたが、この男が彼を三階に案内して、小ざっぱりと古風にしつらえた部屋へ導き入れた。窓の向こうには夕闇の中に、中庭や破風や、ホテルから近い教会の奇妙な凸凹などの、絵画的な中世紀的な眺望が展《ひら》けていた。トニオ・クレエゲルは、ややしばらくこの窓際に立っていたが、やがて腕をこまねいたまま、大きな長椅子に腰をおろすと、眉をしかめながら、無意識に口笛を吹いた。

灯が持って来られた。そして荷物が届いた。同時に例の物柔らかな給仕が、告知票を卓の上に置いた。そこでトニオ・クレエゲルは首を横に曲げたなり、まあ姓名と身分と素性とらしく見えるものを、その紙に書きなぐった。それがすむと、軽い夕食を誂《あつら》えた後、また長椅子の隅からあてもない凝視を続けた。食事が自分の前に並んでからも、彼はまだなかなか手をつけなかったが、やっと二口三口食べたと思うと、さらに一時間室内をあちこち歩いた。その間折々立ち止まっては、眼を閉じた。それからゆっくりゆっくり着物を脱いで、寝床に入った。彼は長い間眠った。もつれ合った、妙にやるせない夢を見ながら。――

目がさめた時、彼は部屋いっぱいに明るい光が満ちているのを見た。まごついてあわてて、自分はどこにいるのかと考えてみた後、起き出して窓掛を開いた。すでにやや色の褪《あ》せた晩夏の青空には、風に吹きちぎられた薄い雲ぎれが、一面に浮かんでいた。しかし太陽は彼の故郷の町の上に照っていた。

彼は平生よりも念入りに身仕舞いをした。ごく丁寧に顔を洗って剃刀《かみそり》をあてて、大いにすがすがしいさっぱりした様子になった。あたかもどこか上流の礼儀正しい家でも訪問して、清楚《せいそ》とした申し分のない印象を与えねばならぬ場合を、控えているかのようだった。そして着物を着る所作の間、彼は心臓のおびえたような鼓動に耳を傾けていた。

外は何と明るいことであろう。もし昨日のように夕闇が街をこめていたら、自分はそのほうが快かろうに。ところがこれでは、人々の眼を浴びながら、明らかな日光の中を歩かねばならぬ。知った人に出会って引き留められて、この十三年をどう暮して来たかと問われて、それに答えざるを得ぬようなことになるだろうか。いや、ありがたいことに、もう誰も自分を知っている者はない。それに自分を覚えている者だって、自分をそれとは分からぬであろう。自分は今日までの間に、実際ちょっと変わってしまったのだから。彼は鏡に映る自身をしげしげと眺めていたが、その仮面の奥で、年よりは老けて見える、早く苦しみをなめた顔の奥で、急に今までよりも心丈夫な気持になった。……彼は朝飯を取り寄せた。それがすむと部屋を出かけた。門番と瀟洒たる黒服の紳士との、評価するような視線を浴びながら、玄関口を抜けると、二匹の獅子の間を通って表へ出た。

どこへ行くのか。彼にはほとんど分からなかった。それは昨日と同じだった。再び身のまわりに、破風や小塔や拱廊《きょうろう》や噴水などが、妙にいかめしくまた親しみ深く並んでいるのを見るや否や、遥かな夢の柔らかなしかも鋭い芳香を運んで来る風の――強い風の圧力を、再び顔に感ずるや否や、彼の心はベエルのような、霧のとばりのようなもので包まれてしまったのである。彼の顔の筋肉がゆるんだ。そして静かになったまなざしで、彼は人と物とを眺めた。もしかしたら、あそこのあの街角で、彼はやっぱり目をさますかもしれない……

どこへ行くのか。彼には自分の取った方角が、昨夜見た、悲しい、妙に後悔がましい夢と、何か連絡があるように思われた。……広場へ向かって彼は歩いて行く。肉屋が血まみれの手で商い物を量っている、市役所の拱廊を潜り抜けて、ゴシック風の噴水が、高く尖って入り組んで立っている、あの広場へ向かって歩いて行くのである。そこに来ると、彼はある家の前に立ち止まった。間口の狭い、簡素な家で、ほかの家々と同じく彎曲《わんきょく》した、穴の開いた破風がついている。そして彼はわれを忘れてこの家に眺め入った。入口の標札を読んでから、窓の一つ一つにしばらくずつ眼を休ませた。が、やがておもむろに身を転じて歩き出した。

どこへ行くのか。家へ帰るのである。しかし彼はまわり道をした。都門の外へ散歩の足を運んだ。ひまがあったからである。ミュウレン土手とホルステン土手を越えて行きながら、樹々をざわざわとひしめかせる風に飛ばされぬように、帽子をしっかりおさえていた。やがて停車場の近くで土手を降りると、列車が一つ、不器用に急いで轟々《ごうごう》と通りすぎるのを見ながら、暇つぶしに車台の数を数えて、最後の箱のてっぺんに乗っている男を見送った。ところがリンデン広場に来ると、そこに並んでいる綺麗な屋敷の一つの前に足をとめて、長いこと庭の中や上の窓の方を窺ってから、しまいにふと思いついて、格子扉を、蝶番《ちょうつがい》がぎいぎい言うほどゆすぶってみた。それから濡れた錆《さび》じみた手を、しばらく眺めていたが、また歩き出して、古いがっしりした都門を潜ると、港づたいに進んで、急勾配で風当りのひどい小路を上って、両親のいた家に着いた。

それは、その破風より高い近所の家々に囲まれながら、三百年以来のように、灰色にいかめしく立っていた。そしてトニオ・クレエゲルは、入口の上の所に、半分消えかかった字で書いてある、敬虔《けいけん》な金言を読んだ。やがてほっと息を吐いて、彼は中へ入って行った。

彼の心臓はおびえたように轟《とどろ》いた。それは自分の通りすぎてゆく地階の扉の一つから、今にも父が事務服で、ペンを耳に挟んだなり出て来て、自分を引きとめて、自堕落な暮し方をしているといって、大いに詰問しそうな、それをまた自分は至極もっともだと思いそうな、そういう心持がしたからである。しかし彼はつつがなくそこを通り抜けることができた。通風扉がしまっていないで、ただ寄せかけてあるだけなのを、彼はひどいと思った。が、同時に、淡い夢の中で、障害がひとりでにこっちを避けて、自分は絶妙な好運に恵まれながら、すらすらと前進してゆく時のような気がしていた。……大きな四角な鋪石を敷き詰めた広い廊下に、彼の足音が反響した。何の物音もしない台所と対した所には、昔ながらに、床からよほど離れて、奇妙な不細工な、しかし小綺麗にニスを塗った、木造の小部屋が壁から突き出ていた——これは女中部屋で、廊下からは一種の釣り梯子のようなものを昇らなければ、そこへ行かれないのである。以前ここに立っていた大きな置戸棚と、彫り物のある櫃《ひつ》とは、しかしもう見当らなかった。……この家の息子は大きな階段を、白塗りの朽ちかけた木の欄干に手でつかまりながら、昇って行ったが、ひと足ごとにその手を離しては、次の一歩でまた欄干に落とすその様子は、さながらこの古い手堅い欄干と、旧情をあたためることができるかどうかを、おずおずと試してみているようだった。……階段の途中、二階へ入る口の前に来ると、彼は立ち止まった。扉には白い標札が打ちつけてあって、それに黒い文字でこう書かれていた——民衆図書館。

民衆図書館？　とトニオ・クレエゲルは考えた。こんなところに民衆も文学も、何の用もあるわけはないと感じたからである。彼は戸を叩いた。……お入りという一声が聞こえた。そこで彼はその声に従った。緊張した暗い顔つきで、きわめて不体裁な変転の有様に彼は眺め入った。

この階は奥までに三つの小部屋があって、その間をつなぐ扉は開け放されていた。四壁はほとんど天井の際まで、黒ずんだ棚にずらりと幾列にも並んだ、同じような装幀の書物で蔽《おお》われていた。どの部屋にも、帳場机のようなものの向こうに、貧相な人間が一人ずつ腰かけて、物を書いている。その中の二人は、トニオ・クレエゲルの方へちょっと顔を向けただけだったが、一番手前のは、急いで立ち上がるとともに、両手を卓面に突いたなり、首を差し伸べて、唇を尖らせて、眉をつり上げて、気ぜわしく眼をぱちつかせながら、来訪者を眺めた。……

「ごめん下さい」とトニオ・クレエゲルは、おびただしい書物から眼を放さずに言った。「僕は他所《よそ》から来て町の見物をしている者です。これがなるほど民衆図書館なのですね。蔵書をひと通り拝見させて頂けましょうか」

「さあどうぞ」と役人は言って、なお烈《はげ》しく眼をぱちつかせた……「無論それはどなたでも御随意です。御遠慮なくごらん下さい。……目録はいかがですか」

「結構です」とトニオ・クレエゲルは答えた。「すぐ見当がつきますから。」それなり彼は、書物の背の標題を検《しら》べるように装いながら、壁に添うてゆっくり歩き始めた。しまいに一冊取り出してあけて見て、それを持ったまま、窓際に身を寄せた。

ここはもと朝飯の室だった。青い壁掛から白い神々の像が浮き出ている、上の大きな食堂ではなく、いつもこの部屋で朝飯を食べたのだった。……そこの次の間《ま》は、寝室に使われていた。父方の祖母はそこで亡くなった。年はずいぶん取っていたのだが、楽しみ好きな派手な婦人で、生に執着していたから、苦しみ抜いて死んだのである。その後父親自身も、そこで最後の嘆息をもらした。背の高い端正な、少し憂鬱で冥想的な、ボタンの孔《あな》に野花を挿していた人も。……トニオは、父の死の床の裾《すそ》に立って、眼を熱くしながら、あの無言の強い感情に――愛と苦痛に、心から残りなく身を委ねていた。それから母も、彼の美しい、情の激しい母もまた、その床のそばにひざまずいて、すっかり熱い涙に溶けていた。と思うと、彼女はあの南国の芸術家とともに、青霞む遥か彼方へ去ってしまったのであった。……ところで、あの奥のやや小さい三番目の部屋、今はやっぱり本がぎっしりつまって、その本を一人の貧相な人間が見張っているが、あれが長年の間、彼自身の部屋だった。あそこへ彼は学校がすんだあと、ちょうど今しがたのように、散歩してから帰って来たものである。あの壁際に彼の机があって、その抽斗《ひきだし》に、彼の最初の、真心こめたそして拙劣な詩がしまってあったのである。……胡桃の樹……刺すような憂愁が、彼の心をさっと貫いた。彼は斜めに窓越しに外を見た。庭は荒れ果てていたが、しかし胡桃の老木はもとの所に立ったまま、風の中で大儀そうに、がさがささざわざわ鳴っていた。と、トニオ・クレエゲルは、両手に支えていた書物の上へ視線を戻した。それは卓抜な作品で、彼のよく識《し》っているものだった。彼はその黒い幾行を、数節の文章を見おろして、その叙述の巧妙な流れが、創造的情熱のうちに、ある山と効果にまで高まってから、やがて感銘深く途切れるのを、しばらくのあいだ跡づけて行った……

まったくこれはよくできている、と彼は言いながら、その作品をもとへ返して身を転じた。すると役人が依然として直立したなり、懇切と考え深い疑惑との入りまざった表情で、眼をぱちぱちやっているのに気がついた。

「実に結構な蒐集《しゅうしゅう》ですね、拝見してみると」とトニオ・クレエゲルは言った。「もう大体要領を得ました。大変お世話様でした。さようなら。」それなり彼は戸口を出た。しかしそれは怪しげな引込みだった。そして彼はこの訪問ですっかり不安になった役人が、まだしばらくは突っ立ったなり、眼をぱちつかせているだろうと明らかに感じた。

彼はなおこのうえ先へ進みたいとは、毫《ごう》も思わなかった。彼はもう帰省をすませたのである。上の、柱廊の奥の大きな部屋部屋には、見知らぬ人々が住んでいる。彼にはそれが分かった。階段の上り口が、昔はなかったガラス扉で仕切られて、その扉に何か標札が付いているからである。彼は去った。階段を降りて、こだまする廊下を通って、自分の生家を立ち去ったのである。ある料理店の一隅で、考えに沈みながら、重たい濃厚な食事をとった後、やがて彼はホテルに帰った。

「用がすんだから」と彼は瀟洒《しょうしゃ》たる黒服の紳士に言った。「今日の午後に立ちます。」そして勘定書と港まで——コペンハアゲン行きの汽船まで行く馬車とを命じた。それから自分の部屋に上がって行って、卓について、頰杖をつきながら、空虚な眼を卓面に落としたなり、静かに端然と腰かけていた。しばらく経って勘定をすませて、荷物をまとめた。定めの時刻になると、馬車の来たことが知らされた。そこでトニオ・クレエゲルは、旅装を整えて降りて行った。

下で、階段の降り口で、例の瀟洒たる黒服の紳士が彼を待ち受けていた。

「ごめん下さいまし」と彼は言いながら、小指でカフスを袖口から押し戻した……「まことに失礼ですが、ほんの一分間おひきとめ申さなくてはなりませんので。ゼエハアゼさんが——ホテルの支配人ですが——ほんの二言ばかりお話が願いたいと申しております。何か形式的なことで……あの奥のほうにおります……どうか私と一緒においで下さいませんでしょうか……いいえなに、ホテルの支配人のゼエハアゼさんなので」

と言って、彼は招くような手つきをしながら、トニオ・クレエゲルを玄関口の奥のほうへ案内して行った。そこには果たしてゼエハアゼ氏が立っていた。トニオ・クレエゲルは、昔見たことがあるので、彼を識《し》っている。小さい肥《ふと》った、脚の曲がった男である。刈り込んだ頬髯は白くなってしまった。しかし相変らずごく胸開《あき》の広い燕尾服で、その上、緑の刺繍をしたビロオドの小帽をかぶっている。ただし彼はひとりきりではなかった。彼のそばには、壁に取りつけてある机代りの小さな棚のわきに、警官が一人、ヘルメットを頂いたまま、立っている。警官は手套をはめた右手を、小机の上の、何やらごたごたと書いてある紙の上に休ませていて、正直そうな兵卒顔で、トニオ・クレエゲルを目迎した。それがまるで、相手が自分を見たら、地の中へ潜り込んでしまうに違いあるまいと、待ち設けているような様子だった。

トニオ・クレエゲルは二人を見較べたが、どこまでも待つことにきめた。

「ミュンヘンから来られたのですな」とようやく警官が、人のよさそうな鈍重な声で問うた。

トニオ・クレエゲルはそれを肯定した。

「コペンハアゲンへ行かれるのですな」

「ええ。デンマアクのある海水浴場へ行く途中なのです」

「海水浴場？　――そう、一応証明書類を提示される必要がありますね」と警官が言った。提示という語を、特別うれしそうに発音しながら。

「証明書類ですか……」彼は何の証明書類も持っていなかった。紙入れを引き出して、中を覗いてみたが、数枚の紙幣を除けば、旅行先で片付けるつもりの、ある短篇小説の校正刷りのほかには、何一つ入っていなかった。彼は役人と接触するのが嫌いで、まだ一度も、旅券というものを下附してもらったことがないのである。

「お気の毒ですが」と彼は言った。「証明書類は何も携帯していません」

「そうですか」と警官が言った。「まるでなんにも持っていないのですか。――名前は何というのです」

トニオ・クレエゲルは彼に答えた。

「それは実際ほんとうかね」と警官は問うて、ぐっと反身になると、不意にできるだけ大きく鼻の孔を開いた……

「完全にほんとうです」とトニオ・クレエゲルは答えた。

「一体あなたは何だ」

トニオ・クレエゲルはぐっと言葉をのみ込んでから、しっかりした声で自分の職業を名指した。――ゼエハアゼ氏が首をもたげて、物珍しそうに彼の顔を見上げた。

「ふむ」と警官は言った。「するとあなたは、こういう名前の人物と同一人ではないと申し立てるのだな――」彼は「人物」と言った。そして例のごたごたと書き込んである紙から、一字一字拾うようにして、ある極めて込み入った、ロマンチックな名前を読み上げた。それはいろんな人種の音《おん》が突飛《とっぴ》に入りまざったような名で、トニオ・クレエゲルは次の瞬間にもう忘れてしまった。「――でそいつは」と警官は続けた。「両親不明、身分不詳で、数度の詐欺《さぎ》その他の犯罪のために、ミュンヘンの警察から追跡されておって、今は多分デンマアクへ逃走の途中らしいのだが」

「僕は同一人でないとただ申し立てるだけじゃありません」とトニオ・クレエゲルは言いながら、いらだたしそうに肩をゆすぶった。――これがある印象を呼び起こしたのだった。

「なに？　ああそうか、そりゃそうでしょう」と警官は言った。「だが、なんにも提示するものがないというのは困るなあ」

ゼエハアゼ氏もなだめるように仲介の労をとった。

「これはみんなほんの形式です」と彼は言った。「なにそれだけの話なので。この役人の方は、ただ義務を果しておられるだけなのですから、それを御考慮下さらなければね。何か証明の方法がおありだとよいのですがな……何か書附《かきつけ》ひとつでも……」

三人とも黙ってしまった。彼はこのゼエハアゼ氏に、自分は決して身分不詳の詐欺紳士ではなく、生まれつき決して緑の馬車に乗ったジプシイでもなく、クレエゲル名誉領事の息子だ、クレエゲル一族の者だということを打ち明けて、この場のけりをつけたものだろうか。いや、とてもそんな気にはなれない。それに市民的秩序を貴ぶこの人たちのいうことは、考えてみれば多少正しいのではあるまいか。ある程度まで自分は彼等とまったく同感なのだ。……彼は肩をそびやかして沈黙を守っていた。

「一体そこに持っているのは何ですか」と警官が問うた。「その紙入れの中にあるのは」

「これですか。何でもありません。校正刷りです」

「校正刷り？　どういうのです。ちょっと見せてもらいましょう」

そこでトニオ・クレエゲルは、彼の労作を警官の手に渡した。警官はそれを小机の上にひろげて読み始めた。ゼエハアゼ氏もそばに寄って来て一緒に読んだ。トニオ・クレエゲルは二人の肩越しに眼をやりながら、どんな個所を読んでいるかと思って注視した。

それはあるよき瞬間、ある山、ある効果であった。彼はわれながら満足だった。

「ごらんなさい」と彼は言った。「そこに僕の名があるでしょう。これは僕が書いたものので、今度出版されるのです」

「なるほどこれで充分です」とゼエハアゼ氏はきっぱり言って、紙を揃《そろ》えて折りたたんだ上、彼に返した。「これで充分なはずですよ、ペエテルゼンさん」と、彼はそっと眼をつぶって、もうやめろという合図のように首を振りながら、簡単に繰り返した。

「もうこれ以上この方をお引きとめするわけにはいかない。馬車が待っているのだから。しばらくお妨げしてしまって、まことに申し訳がありません。この役人の方はもちろん義務を果されただけなのですが、わたしは始めっから、見違いだろうと、この方に言っておりましたので……」

どうだかな、とトニオ・クレエゲルは思った。警官はすっかり納得しきらないらしく、まだ「人物」とか「提示」とか言って異議を唱えた。しかしゼエハアゼ氏は、幾度となく謝罪の辞を述べ述べ、客をまた案内して玄関を突っ切ると、二匹の獅子の間を抜けて、馬車の所まで見送った上、客の乗ったあと、うやうやしいものごしで、自分で馬車の扉を閉じた。さてそこで、この縦にも横にもおかしいほど長い辻馬車は、がたぴしと騒々しく揺れながら、坂になった小路をいくつも降りて、港のほうへ走って行った……
　これが故郷の町での、トニオ・クレエゲルの奇妙な逗留《とうりゅう》であった。

　トニオ・クレエゲルの船が沖合いに出た時には、いつか夜になっていて、銀光を漂わせながら、すでに月が昇っていた。次第に吹き募る風を嫌って、外套にくるまったなり、彼は舳の斜檣《しゃしょう》のそばにたたずんで、眼の下の大きな滑らかな波のうねりの、ほの暗い動揺を見おろしていた。波はもつれながらゆらめいて、音高くぶつかり合うと、思いがけぬ方角へさっと分かれて、不意に泡立ちながらきらきらと光った……
　揺籃《ゆりかご》にいるような、静かにうっとりした気分が彼を満たした。故郷で詐欺紳士として逮捕せられかかったというので、彼は確かにいささか意気銷沈《しょうちん》してしまっていた――もっともある程度まで、それは当然なことだと思ってはいたのだが。しかしそのあと船に乗り込んでからは、子供のころ父親と一緒に時々見たように、荷物の積み込みの様子を見ていた。荷物はデンマアク語と北ドイツ語とのまざったかけ声のうちに、深い船腹の中へ詰め込まれて行った。荷包や荷箱のほかにも、おそらくハンブルグから来て、どこかデンマアクの野獣園にでも送られるらしい、北極熊とインド虎とが、太い格子造りの檻《おり》に入ったまま、吊り下されるのを見ていた。これが気散じになった。それから船が、低い両岸の間を、河づたいに滑ってゆく頃には、警官ペエテルゼンの訊問のことなんぞ、跡形もなく忘れてしまって、それより前にあったこと――あの夜の甘い悲しい後悔がましい夢や、散歩をしたことや、胡桃の木を見たことなぞが、再び彼の魂の中にはっきり浮かんでいた。ところで今は海が展《ひら》けたので、遠くから渚《なぎさ》が見える。あの渚では、少年の頃、海の夏らしい夢を、ぬすみ聞くことができた。燈台のきらめきと、海浜ホテルの灯とが見える。あのホテルには、両親と一緒に泊ったことがある。……バルチック海！　彼は頭を強い潮風にもたせかけた。風は思う存分、まっしぐらに吹きつけて来ては、両の耳を押し包んで、軽い眩暈を、鈍い麻痺を起こさせる。するとその感じの中に、いっさいの禍《わざわい》、悩みと迷妄、意欲と労苦への思い出は、だるくなごやかに消えてしまうのである。そして身のまわりの風声と濤音と泡立ちと喘鳴《ぜんめい》とのうちに、彼は胡桃の老木のざわざわ鳴り軋《きし》む音と、庭戸のぎいぎい言う響きとが、聞こえるように思った。……だんだん闇が濃くなって来た。

「あの星はどうです。まあ、ちょっとあの星を見てごらんなさい」と突然、重苦しく歌うような調子で、ある声が言った。樽《たる》の中からでも響いて来るような声である。彼はもうその声を識《し》っていた。その持主は、赤味がかった金髪の、簡素ななりをした男で、赤くなった瞼《まぶた》と、いま湯から上がったばかりというような、じとじとした顔つきとを持っている。船室での夕食の時、その男はトニオ・クレエゲルの隣に坐っていた。そしておずおずした遠慮がちな所作をしながら、呆れるほどどっさり、えびのオムレツをたいらげた。今その男は、彼と並んで欄干に凭《よ》りながら、拇指と人差指で顎をおさえたなり、空を見上げている。疑いもなく男は、あの異常な、晴れがましく静観的な気分でいるに違いなかった。人と人との間の埒《らち》が倒れ去ってしまう気分、心は見ず知らずの人にも打ちひらかれるし、口は平生なら恥ずかしくて言えそうもないことを語る気分である……

「もしあなた、あの星をまあ見てごらんなさい。ほらあそこに、あんなにきらきら光っているでしょう。まったくどうも、空じゅうべた一面でさあ。ところでどうです。あれをこう見上げてですな、あの中にはこの地球より百層倍も大きいのがどっさりあるんだと思うと、どんな気持になりますかね。われわれ人間は電信を発明した。それから電話だとか、そのほか実におびただしい近代の獲得物だとか、そりゃ発明はしました。しかしこうやって見上げていると、やっぱり要するにわれわれは蛆虫《うじむし》だ、まさにあわれむべき蛆虫にすぎないんだと、つくづく悟らずにはいられませんな。――その通りでしょう。それとも違いますかね、あなた。そうだ、われわれは蛆虫なんだ」と彼は自分で自分に返事をして、謙虚な打ち砕かれた様子で、大空へ向かってうなずいた。

やれやれどうも、こいつはまるで文学趣味のない男だな、とトニオ・クレエゲルは考えた。するとたちまち、最近に読んだもののことが心に浮かんだ。それはある有名なフランスの作家の、宇宙学的および心理学的世界観に関する論文で、実に気の利いた饒舌だった。

彼は若い男の実感に溢れた言葉に対して、何か返事らしいものを与えた。それから二人は欄干から身を乗り出して、落ちつかぬ光を帯びた騒然たる宵を見渡しながら、言葉をかわし続けて行った。この道連れはハンブルグ生まれの若い商人で、休暇を利用してこの漫遊旅行に出かけて来たものと分かった。

「ひとつ」と彼は言った。「スティイマアでコペンハアゲンまで行ってやろうと思いましてね、それで今こうしているわけなんで、そこまではまったく申し分なしです。ところが、あのえびのオムレツの一件ですね、ありゃいけませんでしたよ。あなただっておかりでしょう。何しろ夜は嵐になるって、船長自身そう言っていたのに、あんな不消化なものが胃の中に入っているんですから、そうなったら事ですぜ……」

トニオ・クレエゲルは、こうしたなれなれしい馬鹿話に、ひそかな親しい感じで、どこまでも耳を傾けていた。

「そうですね」と彼は言った。「この辺の人は一体に食事が重すぎます。だからものぐさに憂鬱になるのですよ」

「憂鬱に？」と若い男はおうむ返しに言いながら、びっくりした様子で彼を眺めた……「あなたは他所《よそ》からいらしったのですね、きっと」と彼は不意に問うた。

「そうですとも。遠くから来ているのです」とトニオ・クレエゲルは何ともつかず、こばむように腕を振りながら答えた。

「だがお言葉の通りです」と若い男は言った。「憂鬱というお言葉は、たしかに当たっていますよ。わたしはたいていいつも憂鬱なんですが、とりわけ星が空に出ている今日のような晩にはね」と言いながら、彼は再び拇指と人差指で顎を支えた。

きっとこの男は詩を書いているな、真正直な実感にみちた商人の詩を……とトニオ・クレエゲルは思った。

夜が更けて、風はもう話の邪魔になるほど烈しくなった。そこで二人は少し眠ることにきめて、互いに夜の挨拶をかわした。

トニオ・クレエゲルは小さい船室の、狭い寝床の上に身を延ばしたが、しかしなかなか寝つかれなかった。きびしい風とその鋭い香りとに、妙に昂奮《こうふん》させられてしまったので、彼の心は、何か快いものをおずおずと待ってでもいるように、落ちつかなかった。それにまた、船がけわしい浪の山を滑り落ちて、推進機が痙攣《けいれん》でも起こしたように、水の外で廻る時の動揺も、堪《たま》らない嘔気を誘った。彼はまたすっかり着物を着て、広々とした所へ昇って行った。

雲が月をかすめて走る。海は踊っている。丸い揃った波が整然と寄せて来るのではなく、海はほの蒼《あお》いゆらめく光のなかに、遠くのほうまで引き裂かれて打ち砕かれて掻き廻されている。尖った、焔に似た巨大な舌の形になって、なめずっては跳ね上がる。泡だらけな峡谷のそばに、ぎざぎざした、突拍子もない形のものを投げ上げる。まるで厖《ぼう》大《だい》な腕に力をこめて、馬鹿騒ぎに騒ぎ立てながら、水沫を四方八方へ投げ飛ばしているような観があった。難儀な航海だった。船は縦に揺れたり、横に揺れたり、悲鳴をあげたりしながら、喧騒のなかを営々と進んで行くのである。そして時折は、航海に弱った例の北極熊と虎とが、船腹で咆哮《ほうこう》する声が聞こえた。一人の男が防水布の外套を着て、頭巾《ずきん》をかぶって、角燈を腰にくくりつけたまま、大股で危く重心を取りながら、甲板を往来している。ところがあのうしろのほうには、船ばた越しにぐっと身をかがめたなり、ハンブルグ生まれの例の若い男が立っていて、ひどい目に逢っている。「いやどうも」と彼はトニオ・クレエゲルに気がついた時、おぼつかないよろめくような胴間声《どうまごえ》で言った。「まあこの四大の荒狂っている様子を、あなた見てごらんなさい。」しかしそれなり口が利けなくなって、急いで向こうを向いてしまった。

トニオ・クレエゲルは、張り渡された何かの綱につかまりながら、無拘束な暴威がふるわれている有様を、じっと眺め渡した。彼の胸に勢いよく歓声が湧き上がって来た。それは嵐にも潮にも充分響き勝つほど、力強いもののように思われた。海へ寄せる歌が、愛に力づけられて、彼のうちに鳴り渡った。汝《なんじ》わが若き日の猛《たけ》き友よ、かくてわれらお再び結ばれたり……しかし詩はそれきりで終わってしまった。それは完成しなかった。渾然とはならなかった。余裕綽々《しゃくしゃく》と、ある完全なものに鍛え上げられはしなかった。彼の心は生きている……

長いこと彼はそのままたたずんでいた。やがて船室の外囲《そとがこい》のベンチに長々と横になって、星のちらつく空を仰いだ。少しうとうとと眠りさえした。そうして冷たい飛沫が顔にかかるたびに、半睡の彼には、それが愛撫《あいぶ》のように思われるのだった。

薄気味わるく月光を浴びた、垂直の白堊岩《はくあ》が見え始めて、それがだんだん近づいて来た。それはメエエン島だった。やがてまたうたたねが途中に入って来た――鋭く顔を刺して面立《おもだち》をこわばらせる、塩からい糠雨《ぬかあめ》に妨げられながら。……彼がすっかり目をさました時には、もう夜が明けていた。薄鼠のさわやかな夜明だった。そして緑いろの海は、前よりも穏やかに動いていた。朝食の時、彼はまたあの若い商人に逢った。商人は、暗闇の中であんなに詩的なみっともないことをしゃべったのが多分恥ずかしかったのであろう、ひどく赤面しながら、五本の指をことごとく使って、小さい赤茶けた口髭をなで上げると、兵隊式にぶっきらぼうな朝の挨拶を彼に投げつけたが、それからあとは、びくびくもので彼を避けていた。

かくてトニオ・クレエゲルは、デンマアクに上陸した。コペンハアゲンに着いて、貰う権利がありそうな顔をする者には、誰にでも茶代をやって、ホテルの部屋を根城に、三日の間、案内記を眼先にひろげ持ったなり、市中を隈《くま》なく歩いて、まったく見聞を広めたがっている、上等な質《たち》の外国人そっくりに振舞った。国王広場と、その中央にある「馬」とを見たり、聖母寺院の円柱をうやうやしく振り仰いだり、トルワルドゼンの典麗な彫塑の前に長い間たたずんだり、円塔に昇ったり、城々を見物したり、ティヴォリでにぎやかな二晩を過ごしたりした。しかし彼が見たのは、ごくほんとうのところをいうと、そんなものではなかったのである。

彼の故郷の町の、曲がった格子模様の破風を持つ古い家々と、往々まったく同じ体裁を備えた家々に、彼は昔なじみの名前を見た。彼にとっては、何かなよやかな貴いものを意味しているように思われる、そのくせまた非難、詠嘆、失われたものへの憧憬ともいうべきものを含んでいる名前である。またいたるところに彼は、しめっぽい潮風をゆっくりと、考え考え吸い込みながら、故郷の町で過ごした夜の、妙に悲しい後悔がましい夢に見たのと、同じような碧《あお》い眼、同じような金髪、同じような形容《なりかたち》の顔を見た。往来の真ん中で、あるまなざしなり、ある響きのいい言葉なり、ある笑い声なりが、彼の心の奥底を衝《つ》いたこともないではなかった……

にぎやかな市中にいるのが、彼はまもなくいやになって来た。追憶と期待との相半《あいなかば》した、甘いおぞましい不安が、どこかの海岸でじっと気ままにねころんでいたい、せわしなく見物して歩く観光客のまねなんぞせずにすませたい、という願望と一緒になって、彼の心を動かしたのである。そこで彼は再び船に乗り込んで、ある曇った日に(海は黒く揺れていた)北へ向かって、ゼエランド島の渚づたいに、ヘルジンゲエルへと進んで行った。そこからすぐにまた旅を続けて、馬車で国道をなお小一時間ばかり、絶えず海より少し高い所を進んで、とうとう最後の、そして本来の目的地に来て止まった。それは緑色の雨戸のついた、小さい白い海水浴旅館だった。一団の低い家々の真ん中にあって、木で葺《ふ》いた塔が、砂浜とスウェエデンの海岸とを見渡していた。彼はここで降りて、自分のために用意してあった明るい部屋を占領すると、たずさえて来たもので、本棚や置戸棚をいっぱいにして、ここでしばらく暮す準備をした。

すでに九月もたけていたので、アアルスガアルドには、もうあまり客は多くなかった。ガラス張りのベランダと海とに面した高窓のついた、地階の、天井に梁《はり》の見える大きな食堂では、食事の度に女主人が采配をふるっていた。白い髪と、色のあせた眼と、薄ばらいろの頬と、締まりのない、さえずるような声とを持った老嬢で、いつでもその赤い両手を、卓布の上にいささか恰好《かっこう》よく並べようとしていた。灰色の水夫髯をはやして、青黒い顔をした、猪首の老紳士がいた。首都から来ている魚商で、ドイツ語ができる。見たところすっかり秘結していて、卒中の気《け》があるらしい。なぜというに、短くはっはっと息づかいながら、指環《ゆびわ》のはまった人差指をあげて、片方の鼻孔にあてがっては、そっちを塞《ふさ》いで、もう一方から烈しくふんとやって、少し空気を通そうとするからである。それでいながら彼は、朝飯の時にも昼飯の時にも夕飯の時にも、自分の前に立っているウイスキイの罎《びん》に、絶え間なく手を出すのだった。そのほかには、背の高いアメリカの青年たちが三人、養育掛《がかり》——つまり家庭教師と一緒に、顔を見せるだけだった。その男は黙って眼鏡ばかり動かしていて、また一日じゅう青年たちと蹴球をやっていたのである。三人は橙《だいだい》色《いろ》の髪を真ん中から分けて、長い無表情な顔をしていた。「ちょっとそのヴルストみたいなものを取ってくれないか」と一人が言う。「こりゃヴルストじゃない。シンケンだよ」ともう一人が言う。そしてこの三人と家庭教師とが会話に寄与するところは、たったそれぎりであった。そのほかは黙って坐ったまま、湯を飲んでいるだけなのである。

トニオ・クレエゲルは、こうした種類以外の食卓仲間を、決して望まなかったであろう。彼は自分の平和を楽しみながら、魚商と女主人とが時々する会話の、そのデンマアク語の喉音、高い母音や低い母音に耳を傾けたり、折々魚商と気象についての素朴な言葉をかわしたりした後、やがて席を立って、その前すでに、長いこと朝の時刻をすごした渚へと、ベランダを抜けて再び降りて行く。

渚は時として閑静で夏めいていることがあった。海は藍《あい》と、ガラス壜のような緑と、淡紅との縞《しま》をなして、銀色にきらめく光の反射を、一面にたゆたわせながら、ものうげに滑らかにやすらっているし、海藻は日にひからびて、枯草のようになっているし、くらげはじっところがったまま、蒸発している。少し物の腐ったような匂いと、それから漁船のタアルの匂いも少しした。トニオ・クレエゲルは砂に坐ったなり、その漁船に背をもたせていた——スウェエデンの海岸でなく、ひろびろとした水平線が眼に入るような向きに。が、海の微かな吐息は、清らかにさわやかに、すべての上をなでて通る。

と思うと、灰色の荒模様の日々が来た。波は、衝こうとして角《つの》を構える牡牛のように首を下げたまま、狂暴に渚をめがけて突進する。渚はずっと上のほうまで洗い尽されて、濡れ光る海草や貝殻や、打ち寄せられた木端《こつぱ》なぞで蔽われている。長く延《の》びた波丘の間には、雲の垂れた空のもとに、淡緑に泡立つ谿々がひろがっている。しかし雲の奥に日のあるあたりには、水の上にも、ほの白いビロオドめいた輝きが漂っている。

トニオ・クレエゲルは風と濤声とに包まれて、この永遠の、重々しい、耳を聾《ろう》するどよめきの中に浸《ひた》りながら、たたずんでいた。このどよめきが彼は実に好きなのである。踵《きびす》を返して立ち去る時には、いつも身のまわりが、急にすっかり穏やかに暖かになるような気がした。しかし背後には海を意識していた。海は呼びかけ、いざない、挨拶を送るのである。すると彼はほほえんだ。

彼は陸のほうへ向かって、草原道の淋しいなかを通って行ったが、まもなく、その一帯に小高く突き出ている山毛欅《ぶな》の森が彼を迎えた。彼は苔《こけ》の中に腰をおろして、海がひとすじ、樹《こ》の間《ま》越しに見えるような向きに、樹に凭りかかった。時折、風が波の轟きを彼の所まで運んで来た。それは遠くのほうで板が落ち重なるような響きだった。鴉《からす》の鳴き声が梢越しに聞こえて来る。しわがれて、わびしく、頼りなく。……彼は本を一冊、膝に載せているが、しかし一行も読んではいなかった。深い忘却、時空を超えた無碍《むげ》の揺曳《ようえい》を、享楽しているのであった。ただ時々、ある痛みが心を貫いて、きらめき走るかのように見えた。それは一つの短い刺すような憧憬か、後悔の感じだった。そしてその名と由来とを尋ねるには、彼はあまりにものうく、あまりに夢見心地なのだった。

こんな調子で過ぎる日が随分あった。幾日すぎたかと問われても、彼は答えられなかったろうし、またちっともそんなことを知ろうとは望まなかったのである。が、そのうちにある一日が来た。その日ある事が起こった。それは太陽が空にかかっていて、人々がそこに居合せた時に起こった。そしてトニオ・クレエゲルはそれを見て、別に大して驚きもしなかったのである。

その日はもう発端《はな》から晴れがましく、心を奪うようにできていた。トニオ・クレエゲルはずっと早く、しかもまったく不意に目をさまして、何か微妙な漠然たる驚愕とともに、ぱっと跳ね起きると、ある奇蹟を、ある妖幻な照明の魔術を、眼前に眺めるような気がした。海峡のほうへ向かって、ガラス扉と露台がついていて、薄い白い紗の幕で、居間と寝室とに仕切られている彼の部屋は、薄色の壁紙と軽い白っぽい家具とがあるので、いつも晴れやかな快い趣きを呈していた。ところが今、彼のねぼけ眼《まなこ》は、その部屋がこの世ならぬ浄化と光耀《こうよう》のうちに、すぐ前に横たわっているのを見た。得もいわれぬ優しい匂やかなばら色の光が、隅から隅まで満ち渡って、四壁と家具を金で染めた上、紗のとばりを柔らかく紅《あか》く燃え立たせている。……トニオ・クレエゲルは、何が起こったのやら、長いこと分からずにいた。しかしガラス扉の前に立って外を眺めると、それは昇って来る太陽のせいだということが分かった。

今まで数日間は曇って雨がちだったが、今日は張り切った水色の絹でできたような空が、きらめきながら澄み渡って、海と陸の上にかかっている。そして赤に金に透《す》いて光る雲にとりまかれながら、ちらちらとさざなみだつ海面から、おごそかに日輪が昇って来る。海はその下で、おののくように、燃え立つように見受けられる。……こんな風にしてその日は始まったのであった。トニオ・クレエゲルは、まごついた幸福な気持で、手早く着物を着ると、誰よりも先に下のベランダで朝飯をすませた後、ささやかな木造の水浴小屋から海峡のほうへ向かって少しばかり泳いで、それから浜づたいに何時間も歩いた。帰って来ると、ホテルの前に乗合風の馬車が数台止まっていた。そして食堂から見ると、ピアノの置いてある隣の社交室にも、それからベランダにも、その前にあるテラスにも、おびただしい人たち――中流風な服装の紳士淑女が、いくつもの円卓を囲んで、にぎやかに話し合いながら、ビイルを飲んだり、バタのついたパンを食べたりしているのが見えた。それは幾組もの家族づれで、年かさの人たちや若い人たち、子供さえ五、六人いた。

二度目の朝飯の時（食卓には冷たい料理――燻製《くんせい》や塩漬や蒸焼《むしやき》などが山盛だった）トニオ・クレエゲルは、何事が起こりつつあるのかを尋ねてみた。

「お客ですよ」と魚商が言った。「ヘルジンゲエルから来た、遊山と舞踏会のお客さんたちでさあ。いやまったく堪《たま》りませんね、とても寝られないでしょうよ、今晩は。踊りが始まるでしょうからね、踊りと音楽が。しかもそいつが、きっと長く続くと思わなくちゃなりませんもの。まあ一族同士の親睦会とか、懇親会をかねた遠足会とか、つまり会費持ち寄りの集会といったようなもので、みんなこのいい日和を楽しんでいるのですな。船や馬車でやって来て、いま朝飯をやっているところです。もう少し経つと、陸《おか》のほうをもっと先まで出かけますが、夕方には帰って来ます。そうすると、この広間で舞踏の楽しみが始まるわけですよ。畜生、いやになっちまう。われわれは一睡もできないでしょうよ……」

「なに、気が変わって結構じゃありませんか」とトニオ・クレエゲルは言った。

それぎりかなり長い間、誰ももう何も言わなかった。主婦は赤い指を揃える。魚商は呼吸を少し楽にするために、右の鼻の孔から息を吹き出す。そして例のアメリカ人たちは、湯を呑んではまずそうな顔をする。

と、その時、突然こういうことが起こった。――ハンス・ハンゼンとインゲボルグ・ホルムとが、食堂を通って歩いて行ったのである。――

トニオ・クレエゲルは、水浴と足早な散歩のあとの快い疲れを覚えながら、椅子に背をもたせて、燻製の鮭《さけ》をのせた焼パンを食べていた。――ベランダと海のほうへ向いて坐っていたのである。すると急に扉が開いて、その二人が手をたずさえて入って来た

――ゆるやかな迫らぬ足どりで。インゲボルグは、金髪のインゲは、クナアク先生の踊りの時間にいつもしていたような、白っぽい身なりだった。花模様のある軽い服は、くるぶしのところまでしかない。そして肩には、幅の広い白い絹網の縁飾がついている。それが深く刳《く》ってあるので、軟らかい、しなやかな頸筋《くびすじ》があらわれている。帽子は結んだままの紐《ひも》で、片方の腕にかかっている。彼女は昔よりもほんの少し大きくなったかと思われる。あのみごとな垂髪《おさげ》も、今では頭にまきつけてある。ところがハンス・ハンゼンのほうは、昔とちっとも変わっていない。金ボタンのついた例の水兵服で、その肩と背中とに、幅の広い青い襟《えり》がかかっている。短いリボンのついた水夫帽を、だらりと下げた手に持ったなり、のんきそうにぶらぶら振っているのである。インゲボルグは、食事をしている人たちに見られて、少しきまりが悪いのであろう、例の細く切れた眼をそむけている。しかるにハンス・ハンゼンは、かえってわざわざ、皆に対抗して、首を朝飯の卓の方へ向けながら、例の鋼青色の眼で順々に一人一人を、挑むように、幾分さげすむように、じろじろ眺めた。それどころか、インゲボルグの手まで放してしまって、帽子をさらに烈しく前後に振り動かした。どんな男であるかを示すつもりなのである。こんな調子で二人は、音なく青む海を背景に、トニオ・クレエゲルの眼の前を通りすぎて、食堂を縦に端から端まで突っ切ると、反対側の扉口からピアノの室に姿を消してしまった。

これは午前十一時半に起こったことだが、まだ浴客たちが朝飯を終わらぬうちに、隣室とベランダにいた一行は席を立って、一人も食堂へは入って来ずに、側面にあった出口を通って、ホテルを出て行った。外で皆がふざけたり笑ったりしながら、馬車に乗り込むのや、馬車が次々に国道を軋ませながら動き出して、轢轆《れきろく》と走り去るのが聞こえた。

「じゃみんなまた帰って来るのですね」とトニオ・クレエゲルは問うた……

「帰って来ますとも」と魚商が言った。「だからやりきれないというんです。ねえ、音楽を注文して行ったんですよ、ほんとに。しかもわたしはこの食堂の上で寝るんですからな」

「なに、気が変わって結構じゃありませんか」とトニオ・クレエゲルは繰り返した。やがて立ち上がると、歩み去った。

彼はほかの日々を過ごしたと同じように、その日を渚で、森で過ごした。本を膝に載せたまま、眼を細めて太陽を見つめていたのである。彼はただ一つの考えを働かせていた。――魚商が請け合ったごとく、皆がまた帰って来て、食堂で舞踏会が催されるだろうという考えである。そしてそれを楽しみにして待つよりほかには、なんにもしなかった。長い死んだような歳月の間、もはや一度も味わずにいたほどの、おずおずした甘い喜びをいだきながら、待ったのである。一度どうにかした観念のつながり工合で、一人の遠い知人――小説家アダルベルトのことが、ちらと胸に浮かんだ。自己の欲するところをわきまえていて、春風を避けるために、カフェエに入って行ったあの男のことである。すると彼はその男に対して肩をそびやかした……

昼食は平生より早めに済んだ。そして夕食もやはりいつもより早く、ピアノの部屋でしたためられた。食堂ではすでに舞踏会の用意にかかっていたからである。こんな風に、いかにも浮き浮きした調子で、すべてが不規則になってしまった。やがてもう暗くなって、トニオ・クレエゲルが自分の部屋に坐っていた時、国道や家の中が再び騒がしくなり始めた。遠出の連中が帰って来たのである。そればかりでなく、ヘルジンゲエルの方角から、自転車や馬車でさらに新しい客が到着した。そしてもう階下では、ヴァイオリンの調子を合わせたり、クラリネットで甘ったるい音色《ねいろ》の音階の練習をやったりしているのが聞こえた。……すべては、やがて華やかな舞踏会が始まることを期待させるのだった。

と思うと、小さなオオケストラが行進曲を奏し始めた。低くしかし確かな拍子で、それは響き上がって来た。舞踏はポロネエズで開かれたのである。トニオ・クレエゲルはなおしばらく、じっと坐って耳を澄ませていた。が、行進曲の調子がワルツの拍子に移ったのを聞くと、たち上がって音もなく部屋を忍び出た。

その部屋のある廊下から行くと、裏梯子を通ってホテルの横玄関に出て、そこから今度は一つも部屋を抜けずに、ガラス張りのベランダに達することができる。この道を彼は取って、まるで禁断の小径《こみち》でもたどるように、暗い中を用心深く手探りで進んで行った——この馬鹿げた、快く心をゆする音楽に、抵抗しがたく惹きつけられながら。楽《がく》の音《ね》は、もう明らかにはっきりと彼の耳へ迫って来た。

ベランダには人影もなく、灯もなかったが、広間へ通ずるガラス扉は開け放されていた。広間にはまぶしい反射器のついた、大きな石油ランプが二つ、明るく輝いている。彼は戸口へ抜き足で忍び寄った。すると、この暗闇にこうしてたたずんだまま、明るい所で踊っている人たちを、誰にも気付かれずにぬすみ見ることができるという、盗人めいた享楽に、彼は肌がこそばゆくなるのを覚えた。せわしなく、むさぼるように、彼は自分の求めている例の二人のほうへ、視線を走らせた……

始まってから、やっと半時も経ったか経たないかくらいなのに、宴《うたげ》のにぎやかさは、もう思う存分に募り切っていた。しかし何しろみんな終日一緒に、のんびりと仲間同士で幸福に過ごしたあとで、すでに熱したはしゃいだ気持で、この場へやって来たのだから、無理もないのである。思いきって少し前に出れば、トニオ・クレエゲルはピアノの部屋まで見渡すことができたが、そこには年かさの紳士が数人、煙草をくゆらせたり、酒を飲んだりしながら、カルタ遊びに集まっていた。が、そのほかの連中は、広間で細君たちと一緒に、前のほうの粗《あら》ビロオドの椅子や、壁際の所に腰かけながら、踊りを見物していた。彼等は開いた膝の上に、両手を突っ張ったなり、裕福らしい表情で頰をふくらませているし、母親たちのほうは、小頭巾をかぶったまま、両手を胸の下に組み合わせて、首をかしげながら、若い連中の雑鬧《ざっとう》に眺め入っている。広間の一方の縦壁寄りに演奏壇が設けられていたが、そこでは楽人たちが最善を尽している。ラッパさえ一つ入っていて、それがわれとわが声を怖れるかのごとく、小心翼々として鳴っているのに、やっぱり絶えず音が割れて、かん高く突っ走ってしまうのだった。……うねったり輪を描《か》いたりしながら、幾組もの男女が入り乱れて動いている一方には、ほかの組々が腕を組み合わせて、広間じゅうをぐるぐると逍遥《しょうよう》している。みんな舞踏会らしい服装ではなく、夏の日曜を戸外で過ごす時のような様子をしているにすぎない。——男子連は、この一週間中ずっと着ずにおいたことが分かるような、小都会式な仕立ての服、また若い娘たちは明るい軽やかな衣裳で、胸衣に野花の束をつけている。子供も五、六人広間にいて、自分たちだけで独得に踊っている。音楽が休んでいる時でさえ踊っている。燕尾服の上着を着た、ある脚の長い人間、片眼鏡をかけて、髪にこてをあてた田舎の大将株、郵便局の助手か何かで、デンマアクの小説にある滑稽人物が、そのまま抜け出して来たような男——これが宴会の幹事兼舞踏会の指揮者であるらしかった。せかせかと汗みどろになって、魂を打ち込んで熱中しながら、彼はどこにでも同時に遍在した。広間じゅうを営々としてのたくり廻るのである。器用に爪先でまず踏み出すと、滑らかな尖った軍人風の編上げをはいた足を、複雑にくい違わせて重なり合うように落とす。両腕を宙に振る。指図をする。音楽のほうへ声をかける。手を叩く。しかも彼が役目のしるしとして肩にとめていて、時々優しく顔を向けて見る、大きな五彩の飾り紐の端は、その間たえずひらひらなびきながら、彼のあとから飛んでゆくのだった。

そうだ。彼等はそこにいる。今日昼の日中《ひなか》に、トニオ・クレエゲルのそばを通りすぎて行ったあの二人は。彼は二人を再び見た。しかもほとんど同時に二人を認めた時、喜びのあまり愕然としたのだった。こっちにハンス・ハンゼンが立っている。彼のすぐ近くに。戸口のついわきに。脚を開いて少し前かがみになったなり、落ち着き払って大きなカステラの一片を喰《た》べながら、粉を受けるために掌をくぼませて、顎の下にあてがっている。それから向こうの壁際には、インゲボルグ・ホルム、金髪のインゲが腰かけている。と、ちょうどそのとき例の助手が、彼女をめがけてうねり寄って、片手を背中に廻すと、片手を気取って胸に差し入れながら、特別丁寧なお辞儀をして、彼女を踊りに誘った。しかし彼女は首を振って、あまり息切れがしているから、少し休息しなければならないという意味を伝えた。すると助手は彼女のわきへ腰をおろした。

トニオ・クレエゲルは二人を、その昔自分を恋に悩ませた二人を――ハンスとインゲボルグとを眺めた。その二人がハンスとインゲボルグだというのは、一々の特徴なり服装の類似なりのためよりも、むしろ種族と典型との等しさ――あの晴れやかな鋼色《はがねいろ》の眼、明色《ブロンド》の髪を持つ種類としての等しさによるのだった。純潔と清澄と快活と、それから傲《ごう》慢《まん》で同時に素朴な、犯しがたい冷淡とのまざったものを思わせる、あの種類として等しいからだった。……彼は二人を眺めた。ハンス・ハンゼンが昔そのままに昂然と恰好よく――肩のほうが広く、腰のほうが細く、いつもの水兵服でそこに立っているのを見た。

インゲボルグが何だかはしゃいだ様子で笑いながら、首をぐっと横に曲げて、その手を――大して細くもなく大して上品でもない、小娘風の手を、一種の所作で後頭へ持って行った拍子に、軽い袖口が肱《ひじ》から肩の方へずり落ちるのを見た。――するとにわかに郷愁が烈しい苦痛で、彼の胸をゆりうごかした。それは彼が、自分の顔の痙攣を誰にも見られまいとして、われ知らずさらに深く暗闇へ引き退いてしまったほど、烈しいものだった。

僕は君たちを忘れていたのか、と彼は問うた。いや決して忘れたことはない。ハンス、君のことも、インゲ、君のことも。僕が働いたのは君たちのためだったのだ。だから喝采の声を聞く度に、僕はいつも君たちもそれに加わっているかと思っては、そっとあたりを見廻したものだ。……君はもう『ドン・カルロス』を読んだかね、ハンス・ハンゼン、いつか君の家の庭戸のそばで僕に約束した通りに。読むのはやめたまえ。僕はもうそんなことを君には求めないよ。淋しいからといって、泣くような王様が、君に何のかかわりがあろう。君は詩と憂愁を凝視して、その明るい眼を曇らせたり、夢のように霞《かす》ませたりしてはいけないのだ。……君のようになれたら！　もう一度やりなおして、君と同じように、公明に快活に素朴に正則に秩序正しく、神とも世とも和らぎながら人となって、無邪気な幸福な人たちから愛せられて、インゲボルグよ、君を妻として、ハンス・ハンゼンよ、君のような息子を持つことができたら――認識と創造苦という呪いを脱して、甘美な凡庸のうちに、生き愛し讃めることができたらなあ。……もう一度やりなおす？　しかしそれはなんにもなるまい。やりなおしたところで、またこうなってしまうだろう――いっさいは、今まで起こって来た通りにまたなってしまうだろう。なぜといって、ある人々は必然的に道に迷うのだ。彼等にとっては、もともと本道というものがないのだから。

いま音楽は止《や》んでいた。休憩なのである。そこで点心が運ばれた。助手はみずから、にしんサラダの盛られた茶盆を持って、急いであちこち廻りながら、婦人たちの給仕をした。ところがインゲボルグ・ホルムの前では、小皿を渡すのに片膝まで折った。すると、それが嬉しさに彼女は顔を紅らめた。

このとき広間の中の人々は、とうとうやっぱり、このガラス扉の所にいる観客に気がつき始めて、いくつもの綺麗なのぼせた顔から、うとましい探るような視線が彼にあたった。しかし彼はそれでもその場を固守していた。インゲボルグとハンスもまた、ほぼ同時に彼のほうをちらと見た。ほとんど軽蔑の色を帯びた、あの完全な無関心さで見たのである。ところが突然彼は、どこからか一つの視線が自分に迫って来て、自分の上に据《す》えられたのを意識した。……首をめぐらして見ると、彼の眼は、たちまち自分を見ているると感じたその眼と出会った。少女が一人、彼から遠くない所に立っている。蒼白の細い、ひ弱い、彼がもう前に気付いていた顔である。彼女はあまり踊らなかった。紳士たちも彼女には大して構わなかった。彼女がきっと唇を嚙み締めたなり、ぽつねんと壁際に坐っているのを、彼はさっきも見たのであった。今も彼女はひとりで立っている。ほかの娘たちと同じく、白っぽい匂やかな服を着てはいるが、しかしその服の透《す》いた地の下には、裸の肩がごつごつと貧相にちらついているし、やせた頸がこのみすぼらしい両肩の間に深く埋まっているので、このおとなしい少女は、何だか少しせむしめいて見えるくらいだった。薄い半手套をはめた両手は、両方の指先が軽く触れ合うような工合に、平たい胸の前にあてられている。彼女はうなだれたまま、トニオ・クレエゲルを上眼づかいに、黒い濡れた眼で見つめた。彼は顔をそむけた……

ここに、彼のついわきに、ハンスとインゲボルグが坐っている。男は、おそらく自分の妹であるらしい女のそばに腰をおろしていたのである。そしてほかの頰赤き人の子たちに囲まれながら、食べたり飲んだりしゃべったり面白がったり、よく響く声でからかい合ったり、宙に向かって大きな笑い声を立てたりしている。――自分は二人のそばへもう少し近寄れぬものだろうか。彼か彼女に、何かちょっと思いついた冗談でも言えぬかしら。二人がせめて微笑をもって答えずにいられぬような冗談でも。それができたらどんなに仕合せであろう。自分はそれを待ちこがれている。そうなれば、今までよりも満足な気持で、二人とささやかな交渉を結んだという意識を抱いて、自分の部屋へ帰って行けるであろう。――彼は言えそうな文句をひそかに案じてみたが、それを口に出すだけの勇気は見出せなかった。それにまた無論いつもの通り、二人は彼を理解せぬであろう。彼がやっと何か言っても、怪訝《けげん》そうにそれを聞くのであろう。なぜなら彼等の言葉は、彼の言葉とは違うのだから。

さて、舞踏が再び始まりそうな形勢になった。助手は広汎な活動を展開した。気ぜわしく歩き廻って、一同に踊りの約束を勧める。給仕の手を借りて、椅子だの盃《さかずき》だのを取り片付ける。楽人たちに命令を与える。どこへ行ってよいか分からずに、まごまごしている人たちの肩をつかまえて、押して行くという調子である。何を始めようというのであろう。四組ずつの男女が角陣《カレエ》を作った……とある怖ろしい追憶が、トニオ・クレエゲルを赤面させた。皆はカドリイルを踊るのである。

音楽が始まって、組々はお辞儀をしながら入れ違いに歩く。助手が号令を掛けている。まぎれもなくフランス語で号令をくだして、鼻音をたとえようもなく上手に出すのである。インゲボルグ・ホルムはトニオ・クレエゲルの鼻先で、ガラス扉のすぐそばにいる角陣《カレエ》の中で踊っている。彼の眼の前で左右前後へ、大股に歩いたり身をひるがえしたりしながら動いている。彼女の髪からか、または彼女の着物の軟らかな布地から出る香りが、時折彼に触れた。すると、彼はある感じのうちに眼を閉じた。それは彼が以前から実によくなじんでいる感じで、その芳香と鋭い魅力とを、彼はこの二、三日中、かすかに意識していたのである。そして今や再び、その感じが持ち前の甘い悲痛で、彼の心をみたすのだった。それはそもそも何であろう。憧憬か。愛慕か。羨望《せんぼう》か。自蔑か。……御婦人の旋舞《ムリネエ・デ・ダアム》！　僕が旋舞《ムリネエ》を踊ってひどく恥をかいた時に、君は笑ったのか、金髪のインゲよ、君は僕をあざ笑ったのか。そうして僕がまあ名士とか何とかいうものになってしまった今日でも、やはりなお君は笑うだろうか。そうとも、君は笑うだろう。しかもそうするのが重々正しいのだ。たとえ僕が、僕たったひとりが、あの九つの交響楽と、意志および観念としての世界と、最後の審判とを完成したとしても――それでも君には永久に笑う権利があるであろう。……彼は彼女を見つめた。すると、ある詩句がふと心に浮かんだ。長いこと思い出さずにいた、しかし彼にとっては実に懐かしい親しい句である。──「われは寝《い》ねまし、されど汝《な》は踊らでやまず。」この文句の語る憂鬱で北国的な、誠実で不器用な感覚の重苦しさを、彼は実によく識《し》っている。眠るのだ……動くとか踊るとかいう義務なしに、甘くものうくそれ自身の中に安らっている感情──まったくその感情にのみ生きられるようになりたい、とあこがれるのだ。──しかもそれでいて、踊らずにいられないのだ。敏活に自若として、芸術という難儀な難儀な、そして危険な白刃《しらは》踊りを演ぜずにはいられないのだ──恋をしながら踊らずにいられぬという、その屈辱的な矛盾を、一度もすっかり忘れきることなしに……

突然、一座全体が狂おしい度外れな動揺に陥った。角陣《カレエ》は解けてしまって、みんな跳ねたり滑ったりしながら、残らず四方に散った。カドリイルがギャロップで閉じられるのである。組々は音楽の狂暴な急調子につれて、トニオ・クレエゲルのそばをすり足で大急ぎで、互いに追い抜きながら、短く息苦しそうに笑いながら、飛びすぎてゆく。ある一組がやって来た。一座の追走にまき込まれて、ぐるぐる廻りながら嵐のように進んで来た。娘のほうは蒼白いひ弱い顔とやせた高すぎる肩とを持っている。すると不意に彼の鼻先で、皆がつまずいたり辷《すべ》ったり転んだりし始めた。……その蒼白い少女が倒れたのである。見ていてほとんどはっと思われたほど、彼女は手痛く烈しく倒れた。そして同時に相手の男も倒れた。彼は踊り相手のことなんぞすっかり忘れてしまうくらい、ひどく痛い目に逢ったに違いなかった。なぜならば半身を起こしただけで、顔をしかめながら、両手で腰をこすり始めたからである。少女のほうは、倒れたためにすっかり気を失ったのであろう、まだ依然として床に横たわったままであった。するとトニオ・クレエゲルが進み出て、そっと少女の両腕をつかんで抱き起こした。疲れ切った、取り乱した、不仕合せな様子で、少女は彼を見上げた。と思うと、不意にそのなよやかな顔が薄紅く染まった。

「Tak! O, mange Tak!」(ありがとうございます。ほんとにどうもありがとうございます)と彼女は言って、黒い濡れた眼で下から彼を見上げた。

「もう踊らないほうがよいでしょう、お嬢さん」と彼は優しく言った。それからもう一度彼等のほうへ——ハンスとインゲボルグのほうへ眼をやった後、彼はそこを立ち去って、ベランダと舞踏会とを見捨てたなり、自分の部屋へ昇って行った。

自分の加わらなかった宴《うたげ》に、彼は酔っていた。そして嫉妬《しっと》のために疲れていた。以前の通り、まったく以前の通りだったのである。自分は顔をほてらせながら、暗い所にたたずんでいた。君たち、金髪の潑剌たる幸福な人々よ、君たちのための苦しみをなめながら、たたずんでいたのだ。そしてやがて寂しく去って来てしまった。ほんとは誰かがここへ来なければならないところだ。インゲボルグがやって来るはずのところだ。自分がいなくなったのに気付いて、そっと自分の跡について来て、自分の肩に手を掛けてこう言わなければならないところだ。——私たちの所へ入っていらっしゃいな。機嫌よくなさいよ。わたしあなたが好きなのよ。……しかし彼女は一向やって来なかった。そんなことは起こらぬものなのである。そうだ、ちょうどあの頃の通りだ。そして自分はあの頃の通り幸福なのだ。なぜなら自分の心臓は生きているからだ。しかし自分が今の自分になるに至った年月を通じていったい何があったのであろう。——凝結だ。荒涼だ。氷だ。そうして精神だ。そうして芸術なのだ……

彼は着物を脱いで寝床に入って、灯を消した。彼は二つの名を枕の中へささやいた。あの貞潔な北国的な幾綴《いくつづ》りである。彼にとっては、本来の根源的な恋と悩みと幸福との様式を、生活を、素朴で誠実な感情を、故郷を意味するものである。彼はあの頃から今日までの歳月を顧みた。己の経て来た官能と神経と思想との、すさみ果てた冒険を想い起こした。諷刺と精神とにむしばまれ、認識に荒らされ、しびらされ、創造の熱と悪寒とに半ば磨滅され、頼るところもなく、良心をさいなまれつつ、森厳と情欲という烈しい両極端の間を、あっちこっちへ投げ飛ばされ、冷やかな、わざと選《え》り抜いた高揚のために、過敏にされ貧しくされ疲らされた揚句、乱れてすさみ切って責め抜かれて、病み衰えてしまった自分の姿を眺めた――そして悔恨と郷愁とにむせび泣いた。

彼のまわりは寂として暗かった。しかし階下からは、籠《こも》り音《ね》にそして心を揺り寝かすように、生活の甘い陳腐な三拍子が、彼の所まで響き上がって来た。

トニオ・クレエゲルは北国に静坐して、彼の女友リザベタ・イワノヴナに約束の通り手紙を書いた。

遥か向こうのアルカディアにいるリザベタさん、僕もじきにそこへ帰ります。と彼は書いた。――さてこれがつまり手紙といったようなものなのですが、しかしこれはおそらくあなたを失望させるでしょう。僕はやや普遍的な調子で書こうと思っているからです。もっとも語るべきことが全然ないわけでもなく、僕独得の流儀で、何やかや体験しなかったわけでもありません。故郷で、僕の生まれた町で、僕は逮捕せられそうにさえなりました。……しかしそれは口でお伝えしましょう。このごろ僕には、物語を述べるよりも、上手に何か普遍的なことを言うほうが好ましいと思われる日が、ずいぶんあるのです。

リザベタさん、あなたはかつて僕を名付けて、俗人、道に迷った俗人と呼ばれたことを、おそらくまだ覚えておいででしょうね。そう呼ばれたのは、その前うっかり口を滑らせてしまったほかの告白につられて、僕が生活と名付けるものへの愛着をあなたに白状した、そのひとときのことでした。そこで僕は、どんなに深くあなたの言葉が真相をうがっていたか、どんなにはなはだしく僕の俗人気質と、僕の「生活」への愛とが同一物であるか、それをあなたはあのとき知っておられたろうかしら、と自問します。今度の旅行はそれについて反省する動機を、僕に与えてくれました……

僕の父は、御承知でしょうが、北方的な気質の人でした——観照的で徹底的で、清教主義から几帳面で、憂鬱に傾いていたのです。母は漠然と外国的な血があって、美しく官能的で無邪気で、投げやりであると同時に情熱的で、また衝動的なだらしなさを持っていました。これはまったく疑いもなく異常な可能性と——そして異常な危険とを宿した一つの混合だったのです。この混合から生まれ出たのはこういうものでした——芸術の中にまぎれこんだ俗人、よき子供部屋への郷愁をいだいているボヘミアン、やましい良心を持った芸術家でした。なぜといって、僕の俗人的良心こそは、僕をしてあらゆる芸術生活、あらゆる異常性、あらゆる天才のなかに、あるはなはだ曖昧な、はなはだ怪しげな、はなはだ疑わしいものを見出させ、単純な誠実な、安易で尋常な、非天才的な紳士的なものに対する、あのおぼれ心地の偏愛で、僕の胸をいっぱいにするものなのですから。

僕は二つの世界の間に介在して、そのいずれにも安住していません。だからその結果として、多少生活が厄介です。あなたがた芸術家たちは僕を俗人と称えるし、一方俗人たちは僕を逮捕しそうになる……どっちのほうが僕をより烈しく傷つけるか、僕は知らない。俗人は愚昧だ。しかし僕を粘液質で憧憬のない人間と名付ける、あなたがた美の崇拝者たちは、こういうことを顧慮してはどうですか。——世の中には凡庸性の法悦に対する憧憬を、ほかのいかなる憧憬よりも、さらに甘くさらに味わい甲斐があるように感ずるほど、それほど深刻な、それほど本源的で運命的な芸術生活があるということを。

僕は偉大な悪魔的な美の道で、冒険を試みながら、「人間」を軽蔑する、あの誇らかな冷静な人々を嘆美します——しかし彼等をうらやましいとは思いません。なぜなら、もし何かある物が文士から詩人を作り出す力を持っているとすれば、それは人間的な、いきいきした、凡庸なものに対するこの僕の俗人愛なのですから。いっさいの暖かさ、いっさいの良さ、いっさいの諧謔は、この愛から湧いて来ます。そして僕にはほとんどこの愛が、たとい諸々《もろもろ》の国人《くにびと》の言葉と御使《みつかい》の言葉とを語り得《う》とも、もし愛なくば鳴る鐘、響く鐃鈸《にょうはち》のごとしと書いてある、あの愛と同じものであるように思われるのです。

僕が今までになしたところは皆無です。わずかです。皆無といってもいいくらいです。僕はこれからもっとよきものを作るでしょう。リザベタさん。――これは一つの約束です。こうして書いている間にも、海の響きが僕の所までのぼって来ます。そうして僕は眼を閉じます。僕は一つの未だ生まれぬおぼろげな世界を覗き込みます。それは整えられ形造られたがっているのです。僕は人間めいた姿の影がうごめいているのに見入ります。それは僕に、魔を払って救い出してくれと合図しているのです。悲劇的な影、滑稽な影、そしてまた同時にそのいずれもであるような影です。――そうしてこういう影に、僕は深い愛着を寄せています。けれども僕の最も深く最もひそかなる愛は、金髪碧眼《へきがん》の、晴れやかに潑剌とした、幸福で愛想のいい凡庸な人々の所有なのです。

この愛を咎《とが》めないで下さい、リザベタさん。それはよき、実りゆたかな愛です。その中には憧憬があり憂鬱な羨望があり、そしてごくわずかの軽侮と、それから溢れるばかりの貞潔な浄福とがあるのです。

あとがき

『トニオ・クレエゲル』――醒めた青春の記念碑

実吉晴夫

「誰でも一生に一度は、まるでこの〝ウェルテル〟が、じぶんのために書かれたのだと思われるような時がなかったとしたら、それはよくないことだろう」と晩年のゲーテは弟子の一人に語っている。トオマス・マンもまた、これとまったく同じ権利を持って、一九〇三年、作者二十八歳の年に書き上げた自作の『トニオ・クレエゲル』について同じ言葉を語ることができるであろう。

唯美主義の芸術の世界にも、また芸術にも精神にも無縁な、ただの〝教養ある（あるいは教養すらない）俗物〟（ニーチェのいわゆる〝Bildungsphilister〟）の世界にも安住することのできない、「道に迷った俗人（verirrter Bürger）」トニオ・クレエゲル――彼こそは、まさに、八十年（一八七五―一九五五）の生涯を通して、つねに「醒めた証人」であり続けたトオマス・マンの青春の記念碑であり自画像であった。

またかつては、「偉大な悪魔的な美の道で、冒険を試みながら、〝人間〟を軽蔑する、あの誇らかな冷静な人々」でもなく、「晴れやかに潑剌とした、幸福で愛想のいい凡庸な人々」でもない、すべての人々にとって、『トニオ・クレエゲル』は己れ自身の青春の自画像として心の中に結晶を遂げた記念碑であった。

そして今も、己れの生命のエネルギーのすべてを賭けるほどの〝ディオニュソス的〟陶酔を覚えることのないままに日々を送っている若い人たちにとって、またそうした醒めた青春を過ごしつつ、いつしか「成人」となってしまった人間にとっても、『トニオ・クレエゲル』は、その自画像となりうるだろう。

しかし時代は移り世界は変わってしまった。この作品の中で提起されている「芸術対実人生」、「芸術家対俗人」という問題それ自体が、世紀末のデカダンスをくぐり抜け、〝列強による世界分割〟が完了して相対的な安定と充足を達成した第二帝政末期、ウィルヘルム帝政下のドイツという「古き良き時代」の書き割りを背景とした、芸術的記念碑にすぎぬものとなってしまったのではないだろうか——とさえ思われるほどに私たちを取りまく「芸術」も私たちの「人生」も変わってしまった。今日、この世界のどこを探したら、ほんとうに「金髪碧眼《へきがん》の、晴れやかに潑剌とした、幸福で愛想のいい凡庸な」ハンス・ハンゼンやインゲボルグ・ホルムに出会うことができるであろうか。

トオマス・マン自身、この記念碑的著作を書いた後、二度の大戦を経て今から二十年以上も前に世を去ったが、その彼自身ですら、このような無限の憧憬の対象を身近に持つという幸福を二度とふたたび味わうことはなかったのである。

私たちをとりまく現代日本の「文化」の状況をかえりみても、『トニオ・クレエゲル』の登場する幕はまだあるのだろうか、と思う。

〝市民生活(bürgerliches Leben)〟すなわち俗人としての生活に不適合であるという理由のみによって人を社会から追放することは、色が黒いからという理由のみによって公民権を制限すると同様まったく不当なことである。また反対に〝高名〟な芸術家であるという理由のみによって数々の特権を賦与し、どんなに非道な行為も大目に見るということは、色が白いという理由のみによって人を特権階級として扱うのとまったく同様である。

真の芸術家は、「アウトサイダー」としての一面をまぬがれえない。したがって芸術家は、その性格の根底において病人や狂人や犯罪者と数々の面で深いつながりをもつことになる。それゆえに芸術家は、つねに「やましい良心」を持たなければならないし、また同時に「尋常で端正で貞潔な」平凡な人々に対して、「つまり凡庸性の法悦へ向かっての、ひそかな烈しい憧憬」を抱きつづけなければならない。「あるところのもの(was man ist)」、すなわちありのままの自分に完全に「満足」しきった芸術家などというものは、真の芸術家にとって「嘔吐《おうと》」の対象でしかない。

作者トオマス・マンが、この作品のなかでトニオ・クレエゲルの画像を通して私たちに語りかけているものも、このテーマ以外にありえない。

トオマス・マンが、その生涯を通じて敬愛しつづけた先達たち――哲学者ショーペンハウエル、詩人哲学者ニーチェ、劇音楽家ワグナー――は、「賤民《せんみん》の支配する生に背を向けて」、あるいは「滅びの美学に酔い痴《し》れ」、「美に殉じて」、世を去る。しかしトオマス・マン(トニオ・クレエゲルといってもよいと思うが)自身は、「尋常で端正で貞潔な市民(Bürger)」の健全な生活と文化を擁護するために、ナチズムが吹き荒れる「疾風怒濤《しっぷうどとう》(Sturm und Drang)」の狂気の時代に敢然と抵抗しつつ生き抜く道を選んだのであった。「私の使命は殉教の中にではなく、静寂の中にあって証《あかし》することにあるのだ」という作家としての信念を最後までつらぬきながら。

「作品の分析というものは、分析された作品を知らない人にとっては何の役にも立たないし、知っている人にとってはいらないというところにその本性がある。」これは、音楽学者アインシュタインの言葉であるが、これはそのまま文学作品の分析にもあてはまる言葉であると思う。『トニオ・クレエゲル』は、読者がそこに自分の自画像を読みとる作品である。この作品の中に自分の自画像を見てとる人にとっては、「解説」や「分析」や「芸術的な価値の評価」はまったく不要であろう。トオマス・マンについての「手引き」ないし「入門書」ならば、ほかにいくらでもあるし、現代日本では、もはやそうしたものを必要としないほどの存在にトオマス・マン自体がなってしまっているのだろう。

ただ、このことが「文化と教養の水準が高まったこと」を意味するものであるか、それとも「文学の病的な貴族性」によって「健全と無垢の国土」が縮小したことを意味するものであるかは、神のみの知り給うところであるが。

（一九七八年十月）

解説

濱川祥枝

実吉捷郎《さねよしはやお》氏（一八九五―一九六二）は、私にとっては恩師のお一人である。同氏が大正十四年（一九二五年）四月いらい奉職しておられた成蹊高等学校からお移りになり、府立高等学校教授に就任されたのは昭和五年（一九三〇年）四月のことだったが、私は、昭和十五年四月、その府立高校の「文乙《ぶんおつ》」（文科乙類）に入学（正式には進学――というのも、私はいわばその中等部に当たる尋常科出身だったからである）していらい、昭和十七年九月、戦時の臨時学年短縮によって同校を卒業させられるまで、二年半にわたって同氏からドイツ語を教えていただいた。

歴史の浅かった同校には、フランス語を主外国語とする、いわゆる「文丙《ぶんぺい》」クラスはなく、したがってフランス語の先生はおられなかったが、英語を主外国語とする「文《ぶん》甲《こう》」には、アメリカ近代演劇が専門でダンディーな清野暢一郎《せいのちょういちろう》教授（岩波文庫でオニールの『地平の彼方』『喪服の似合うエレクトラ』などを訳しておられる）、英詩の大家だった山宮允《さんぐうまこと》教授(同じく『イエイツ詩抄』などの訳業がある)がおられた。また、私が進学したドイツ語を主外国語とするいわゆる「文乙」には、わが実吉先生をはじめ、発音が抜群に素晴らしく、岩波文庫にグリルパルツァーの『維納《ウィーン》の辻音楽師』やメーリケの『旅の日のモーツァルト』のご翻訳があった石川錬次《れんじ》氏、詩人としても著名なほか、かつて岩波文庫に入っていたE・T・A・ホフマンの『黄金宝壺』の訳者として、また酒仙としても知られていた「みっちゃん」こと石川道雄さん、ドイツ文法の権威であられたほか、敬虔なクリスチャンとしても周囲に感銘を与えておられた山田幸三郎先生、当時はまだ新進だった高橋義孝氏など、錚々《そうそう》たる超高校級のドイツ語の大家がそろっておられた。

われわれは平均して週に三時間(一時間は実質五十分)、約二年半にわたって実吉先生にドイツ語を教えていただいたわけであるが、その授業で、先生が黒板にお書きになるのは流麗な「ドイツ文字」、おかげで私たちは、今日ではドイツのインテリでも必ずしも馴染みのないこのいわゆる「亀の子文字」ないしは「ひげ文字」がいまでも読める。

私たちの「文乙」クラスは、当初は四十名、いま生き残っているのは二十名に満たないが、一同、六十余年を経た今日でも、この実吉先生の授業を無性に懐かしがっている。

そして、みなが口にするのは「実吉先生」ではなく「実吉さん」である。したがって、この解説においても、通例に反して「実吉さん」で通させていただきたいと思う。

＊

当時の高等学校（いわゆる旧制高校）についての認識や知識はだんだん薄れてきているように思われるので、ここで少しこの点の解説を差し挟んでおきたい。

私たちの頃の学制では、中学校を五年（一部の者は四年）で卒業すると、かなり激烈な競争試験を経て高等学校に入った。しかし、ひとたび高校へ入ってそこを卒業すれば、卒業生の総数は全国の大学（北海道、東北、東京、名古屋、京都、大阪、九州、京城、台北の九帝国大学）の入学定員にほぼ見合っていたから、運悪くどこかの大学のどこかの学部の入試に失敗しても、最終的にはどこかの大学のどこかの学部には潜り込める仕組みになっていた。

そして、これらの旧制高校としては、すべてが明治年間の設立にかかる、一高（第一高等学校）から八高までのいわゆるナンバー・スクール八校、それに主として大正年間に新設された、北は弘前《ひろさき》から、浦和、静岡などを経て、南は高知、福岡、さらには台北から旅順に及ぶ、いわゆる「地名校」が十八校あった。

また、それに加えて、いわば新興勢力として、大正年間の末期から、中学校(ふつうは五年制)に対応する「尋常科」(四年)と「高等科」(三年)とに分かれてはいるものの、その間に入試がなく、中高一貫教育を標榜する「七年制高校」があった。そして、これには、東京高校、成蹊高校、成城高校、武蔵高校、富山高校、甲南高校、台北高校などの国公立ないしは私立高校があったが、私が在籍した府立高等学校(通称は府高、ただし、よく間違えられるが「東京府立高等学校」ではない。そういう名称の学校はそもそも存在しないのである)は昭和四年(一九二九年)の開校であるから、七年制高校としては新参者である。

先述したとおり、たとえ大学入試に一度は失敗しても、どこかの大学のどこかの学部には全員が潜り込める仕組みだったとはいえ、一同、一応の大学入試対策はしたもので、実吉さんも、昭和十七年の春には、受験を控えたわれわれの中の有志を対象に、ほとんど毎日、講評付きのドイツ語実力テストをして下さり、そしてそれは、はなはだ有益かつ有効だったのだが、われわれの中にはそれだけでは満足せず、実吉さんのご自宅にまで押しかけて学外指導にあずかる者もいたらしい。そういった際、実吉さんは嫌な顔ひとつなさることなく、常に親身に応対して下さった由《よし》で、いまなおこれを徳としている同級生も多い。

＊

実吉さんは、その抜群のドイツ語力もさることながら、名門貴族の末裔《まつえい》の身でありながら、いわゆる世間的な栄誉・栄典なぞにはまったく無関心で、それでも推《お》されて府立高校の一種の後身だった東京都立大学の独文科の主任を務めておられた折、同大学が日本独逸《ドイツ》文学会の春の総会の会場になった際、同氏が同学会の会員ですらなかったことが判明、さすがにそれではまずかろうというので、急遽にわか仕立ての会員になってもらい、会費も納入していただいたことがあるという(大山聡『終日海鳴』郁文堂、一九八三年、二六七ページ)。

これと関連するのかどうか、実吉さんの学問的業績には翻訳が圧倒的に多く(岩波文庫に入っているものだけでも十三点を数える)、しかも、そのいずれにも注をほとんど付けておられず、解説もごく簡単な短いものである。こういったところにも実吉さんのお人柄が出ているのではないかと思う。

ところで、この『トニオ・クレエゲル』の翻訳は、実吉さんの数ある訳業の中でも特に名訳であると言っていいだろう。自身でものちにこの作品を翻訳なさった若き日の高橋義孝氏も実吉訳に傾倒し、表紙が擦《す》り切れるまでこの岩波文庫版を帯同しておられた。なお、この作品の邦題は、ドイツ語の発音に忠実に従うなら『トーニオ・クレーガー』とでもするのが妥当であろうが、実吉訳の場合は、どうしても『トニオ・クレエゲル』でなければしっくりこない。川村二郎さんも岩波文庫版、実吉訳『ヴェニスに死す』の解説(同書一六二ページ)で同趣旨のことを書いておられる。

この作品はマンの『ヴェルテル』と言われることが多く、マン自身もたびたびそう書いている。『ヴェルテル』とは、言うまでもなくゲーテの名を一躍ヨーロッパじゅうに広めた世界文学史上の傑作『若きヴェルテルの悩み』のことであるが、これと『トニオ・クレエゲル』とを並べて論ずることの当否は別として、この作品がマン自身にとって占める重要さについては異論の余地はないと思われる。

＊

ところでマンは、それこそ波瀾万丈の生涯を送った作家である。一面から言えば、その生涯は幸運と栄光に満ちている。若くして短篇作家として世に認められ、一九〇一年（明治三十四年）、二十六歳のときに発表した『ブッデンブローク家の人びと』から『魔の山』に至るまでの創作活動が評価されて一九二九年（昭和四年）にノーベル文学賞を受賞、大金持のミュンヒェン大学教授の娘できわめつきの美女（彼女の名は**Katja**というが、これはドイツ語風に「カトヤ」と読むのか、それともロシア語風に「カチャ」と読むべきなのか？）と結婚、多くの子女にも恵まれた。ヒトラーの登場から第二次世界大戦にかけては、アメリカを中心とする亡命・流浪生活を余儀なくされ、戦後も必ずしも祖国ドイツに容れられず、スイスのチューリヒ郊外キルヒベルクで没した（ただしアメリカやスイスでの生活環境は、われわれの水準からすればかなり高いものだったと思われる。私の同学の先輩、西義之さんの『残欠日録』（私家版）の四五ページには、キルヒベルクのマンの家について「スイスのどこにでもある、中程度の、清潔な感じのものだった」とあるし、後述するマンの長女エーリカの著書に掲載されているアメリカにおけるマンの書斎の写真からも、かなりの生活水準が想像される）が、八十歳で死去するまで、次々と大作や問題作を発表、いまや二十世紀ドイツ文学を代表する作家の一人としての地歩を固めたと思われる。

しかし他面では、彼の生涯には暗い影も付きまとっていた。近親に自殺者が多いこと

――一九四九年にカンヌで自殺したとされる長男のクラウスもその一例――も挙げられようが、私がここで問題にしたいのは、マンの同性愛的傾向である。この作品で、主人公のトニオ・クレエゲルが、はじめ同級生の美少年ハンス・ハンゼンに恋心を抱き、のちにその夢から醒めてインゲボルグ・ホルムに惚れて見事に振られるのは、ごくありふれた青春期特有の現象であって、あえて同性愛を云々するには当たるまいが、『ヴェニスに死す』におけるグスタアフ・アッシェンバッハの美少年タッジオへの執心となるとただ事ではなく、完全な同性愛の世界である。ちなみに、『ヴェニスに死す』の映画化をしたルキノ・ヴィスコンティ監督の『ルードウィヒ』や『家族の肖像』に出演していた俳優のヘルムート・バーガーは、一九九八年に発表されたその自伝の中で、ヴィスコンティの情人だったことを公言、同監督の死後はみずからをその「未亡人」と呼び、自分がいわゆる「両刀づかい」ではあるものの、どちらかといえば異性愛よりは男色を好んだことを、その理由とともに詳述している。私自身の考えでは、人間は男性・女性ともに、もともと両性の素質を具備している存在で、その発現形式に種々相のあることを容認するものであるが、一定の規範や常識が支配する一般社会にあっては、自他について、そのことを公然と口にするには様々の制約があるのが実状であろう。マンの書簡や日記には、多少なりともこれに関する記述があると想像されるが、これまで公表された限りにおいては、そこに編集者や親族のある種の「検閲」が介入しているようで、この点については、後世の評価や批判を俟《ま》つほかあるまい。

また、マンのような偉大な父親を持ったことは、近親者にとっては厄介な面があったことも確かで、ある種の文名を獲得していた長男のクラウスもたびたびそのことを嘆いているし、歴史学者として一家を成した次男のゴーロにしても、自分の講演会のあとの質疑応答の際、聴衆の質問がもっぱら父親のことに集中するのに憮然《ぶぜん》としていたことは、私自身、目撃したところである。

*

ところで、本訳書の読者にぜひおすすめしたいことがある。それは、マン自身によるこの作品の朗読を聴くことである。

そもそもドイツには詩人の朗読会(Dichterlesung)というものがあり、詩人や作家が自作を披露する習慣がある。たとえば、一九二二年(大正十一年)のベルリンで、当時同地に滞在中だった吹田《すいた》順助、小牧健夫《たけお》、成瀬無極《なるせむきょく》、田中梅吉、それに実吉さんの五人が、マンによる『魔の山』の一部の朗読を聴いておられる(吹田順助『旅人の夜の歌——自伝』講談社、一九五九年、一二九ページ)。

ところでマンの朗読であるが、マンは北ドイツのリューベック生まれで、のち南ドイツのミュンヒェンに長く住んだ人間であり、長女のエーリカによると、あるときマンは彼女に、「自分は北ドイツ風の標準ドイツ語を話す」と語ったという(Erika Mann: *Mein Vater, der Zauberer*, Rowohlt, Hamburg, 1996, S. 258)。ここでちょっと説明しておきたいのは、ドイツにも各種の方言があり、その間の差異は、日本語の東北弁と鹿児島弁のことを考えても分かるとおり、語彙《ごい》や発音の点から言っても、時として非常に大きいことである。また、わが国でも近年は方言の権利がとみに認められつつあるようであるが、以前からドイツでは、みずからの方言を恥じるなどという滑稽な風潮は日本よりも薄く、名だたる作家や政治家たちの中にも、公衆の前で平然と自分の方言でしゃべる人が多かったことである。しかるにマンは、まずは標準的なドイツ語を標準的な発音で話す人間だった。しかも彼は、素敵な美声の持主、したがってレコード(現在はカセットテープやCD)に録音されて残っている彼の自作の朗読(『詐欺師フェーリクス・クルルの告白』など幾種類かある)は、われわれ外国人の耳にも快く響く。『トニオ・クレエゲル』もその一つである(たとえばカセットテープには Tonio Kröger. Gelesen von Thomas Mann, Der Hörverlag, München, 1997〔長さは約三時間半〕がある)。そして、この朗読を聴くと、マンがこの作品をいかに愛していたかが如実に伝わってくる。時どき、ついテキストから離れたり、読み間違えたりもしているが、そのうっかりミスや間違いすらも微笑《ほほえ》ましい。

*

先に実吉さんは自訳にあまり解説や注を付けられなかったと書いたが、ここで少し補足をしておきたい。

一つは、本訳書四五ページに登場し、のちトニオ・クレエゲルが北欧旅行の途次から長文の手紙を書き送るロシア人女流画家のリザベタ・イワノヴナという名前についてである。レークラム文庫の Erläuterungen und Dokumente Nr. 8163, Thomas Mann: *Tonio Kröger*, Werner Bellmann (ed.), Stuttgart, 1983 の二〇ページおよび二二ページによると、この架空の人物の名前は、おそらく一八九九年九月にマンが読んでいたロシアの作家ゴンチャロフの出世作『平凡物語』(一八四七年)に出てくる、主人公アレクサンドルのおばアレクサンドロヴナ・イワノヴナに由来するものだろうという。

いま一つは、六九ページに初出し、のちリザベタ宛のクレエゲルの手紙で何度も使われている「俗人」という言葉についてである。原語はBürger。他にも多数ある『トニオ・クレエゲル』の訳者の方々もこの語をどう訳すかについてはいろいろ苦心なさったようで、「俗人」の他にも、「市民」「小市民」などがある。原語を直訳すれば「市民」であり、あるいは「ブルジョア」という訳語も当てられよう。しかし、Bürgerという原語は、語感からしても、日本語の「市民」からイメージされるものよりは遥かに裕福な階級を指し、また、いわゆる「ブルジョア」とも「中産階級」とも異なる。実吉訳の場合、「俗人」で意味は通ずるものの、原語がBürgerであることを、一応は心得ておいたほうがよいかもしれない。

*

ともあれ、実吉さんのこの『トニオ・クレエゲル』が名訳であることは、多くの方が述べておられるとおりである。例えば、若い頃からマンに傾倒しておられた北杜夫・辻邦生両氏の対談『若き日と文学と』(中公文庫、一九七四年)の六五ページには、「実吉訳でないとマンのものはほとんど読めないくらいだった」、「実吉さんていう人は、素晴しい訳者だった」という言葉が見えるし、また、川村二郎さんは、先述した『ヴェニスに死す』の解説(一六二―一六三ページ)で、*Der Tod in Venedig* という原題を直訳調の「ヴェニスにおける死」ではなく「ヴェニスに死す」と訳した実吉さんの勘の冴えを激賞しておられる。このたびの改版を機に、ふたたび多くの読者を獲得することを私としても願わずにはいられない。

なお、本解説の執筆にあたっては、府立高校の同級生で畏友の横山康夫氏に大いに助けていただいた。ここに記して厚い感謝の意を表したい。

二〇〇三年八月

トニオ・クレエゲル　トオマス・マン作

1952年5月25日　第1刷発行
2003年9月17日　改版第1刷発行
2010年5月25日　第7刷発行

訳　者　実吉捷郎《さねよしはやお》

発行者　山口昭男

発行所　株式会社　岩波書店
〒101-8002　東京都千代田区一ツ橋2-5-5

案内 03-5210-4000　販売部 03-5210-4111
文庫編集部 03-5210-4051
http://www.iwanami.co.jp/

印刷・法令印刷　カバー・精興社　製本・桂川製本

ISBN 4-00-324340-4　　Printed in Japan

読書子に寄す

――岩波文庫発刊に際して――

岩波茂雄

真理は万人によって求められることを自ら欲し、芸術は万人によって愛されることを自ら望む。かつては民を愚昧ならしめるために学芸が最も狭き堂宇に閉鎖されたことがあった。今や知識と美とを特権階級の独占より奪い返すことはつねに進取的なる民衆の切実なる要求である。岩波文庫はこの要求に応じそれに励まされて生まれた。それは生命ある不朽の書を少数者の書斎と研究室とより解放して街頭にくまなく立たしめ民衆に伍せしめるであろう。近時大量生産予約出版の流行を見る。その広告宣伝の狂態はしばらくおくも、後代にのこすと誇称する全集がその編集に万全の用意をなしたるか。千古の典籍の翻訳企図に敬虔の態度を欠かざりしか。さらに分売を許さず読者を繋縛して数十冊を強うるがごとき、はたしてその揚言する学芸解放のゆえんなりや。吾人は天下の名士の声に和してこれを推挙するに躊躇するものである。このときにあたって、岩波書店は自己の責務のいよいよ重大なるを思い、従来の方針の徹底を期するため、すでに十数年以前より志して来た計画を慎重審議この際断然実行することにした。吾人は範をかのレクラム文庫にとり、古今東西にわたって文芸・哲学・社会科学・自然科学等種類のいかんを問わず、いやしくも万人の必読すべき真に古典的価値ある書をきわめて簡易なる形式において逐次刊行し、あらゆる人間に須要なる生活向上の資料、生活批判の原理を提供せんと欲する。この文庫は予約出版の方法を排したるがゆえに、読者は自己の欲する時に自己の欲する書物を各個に自由に選択することができる。携帯に便にして価格の低きを最主とするがゆえに、外観を顧みざるも内容に至っては厳選最も力を尽くし、従来の岩波出版物の特色をますます発揮せしめようとする。この計画たるや世間の一時の投機的なるものと異なり、永遠の事業として吾人は微力を傾倒し、あらゆる犠牲を忍んで今後永久に継続発展せしめ、もって文庫の使命を遺憾なく果たさしめることを期する。芸術を愛し知識を求むる士の自ら進んでこの挙に参加し、希望と忠言とを寄せられることは吾人の熱望するところである。その性質上経済的には最も困難多きこの事業にあえて当たらんとする吾人の志を諒として、その達成のため世の読書子とのうるわしき共同を期待する。

昭和二年七月

《ドイツ文学》

ニーベルンゲンの歌 全二冊 相良守峯訳
ラオコオン ―絵画と文学との限界について レッシング 斎藤栄治訳
ミンナ・フォン・バルンヘルム レッシング 小宮曠三訳
エミーリア・ガロッティ ミス・サラ・サンプソン レッシング 田邊玲子訳
若きウェルテルの悩み ゲーテ 竹山道雄訳
ヴィルヘルム・マイスターの修業時代 全三冊 ゲーテ 山崎章甫訳
ヴィルヘルム・マイスターの遍歴時代 全三冊 ゲーテ 山崎章甫訳
イタリア紀行 全三冊 ゲーテ 相良守峯訳
ファウスト 全二冊 ゲーテ 相良守峯訳
詩と真実 全四冊 ゲーテ 山崎章甫訳
タッソオ ゲーテ 実吉捷郎訳
ゲーテとの対話 全三冊 エッカーマン 山下肇訳
たくみと恋 シラー 実吉捷郎訳
ヒュペーリオン ―希臘の世捨人 ヘルデルリーン 渡辺格司訳
ヘルダーリン詩集 川村二郎訳
青い花 ノヴァーリス 青山隆夫訳

完訳グリム童話集 全五冊 金田鬼一訳
スキュデリー嬢 ホフマン 吉田六郎訳
水妖記（ウンディーネ） フーケー 柴田治三郎訳
ミヒャエル・コールハースの運命 ―或る古記録より クライスト 吉田次郎訳
影をなくした男 シャミッソー 池内紀訳
ドイツ古典哲学の本質 ハイネ 伊東勉訳
流刑の神々・精霊物語 ハイネ 小沢俊夫訳
ロマンツェーロー 全二冊 ハイネ 井汲越次訳
水晶 他三篇 ―石さまざま シュティフター 手塚富雄・藤村宏訳
みずうみ 他四篇 シュトルム 関泰祐訳
大学時代・広場のほとり 他四篇 シュトルム 関泰祐訳
地霊・パンドラの箱 ―ルル二部作 F・ヴェデキント 岩淵達治訳
夢小説・闇への逃走 他一篇 シュニッツラー 池内紀・武村知子訳
トオマス・マン短篇集 実吉捷郎訳
魔の山 全二冊 トーマス・マン 関泰祐・望月市恵訳
トニオ・クレエゲル トオマス・マン 実吉捷郎訳
ヴェニスに死す トオマス・マン 実吉捷郎訳

ワイマルのロッテ 全二冊 トーマス・マン 望月市恵訳
車輪の下 ヘルマン・ヘッセ 実吉捷郎訳
デミアン ヘルマン・ヘッセ 実吉捷郎訳
マリー・アントワネット 全二冊 シュテファン・ツワイク 高橋禎二・秋山英夫訳
変身・断食芸人 カフカ 山下肇・山下萬里訳
審判 カフカ 辻理訳
カフカ短篇集 池内紀編訳
カフカ寓話集 池内紀編訳
三文オペラ ブレヒト 岩淵達治訳
ガリレイの生涯 ベルトルト・ブレヒト 岩淵達治訳
ほらふき男爵の冒険 ビュルガー編 新井皓士訳
愛の完成・静かなヴェロニカの誘惑 ムージル 古井由吉訳
三人の女・黒つぐみ ムージル 川村二郎訳
雀横丁年代記 ラーベ 伊藤武雄訳
ウィーン世紀末文学選 池内紀編訳
チャンドス卿の手紙 他十篇 ホフマンスタール 檜山哲彦訳
ホフマンスタール詩集 川村二郎訳

インド紀行 全二冊　ボンゼルス　実吉捷郎訳
ドイツ名詩選　生野幸吉　檜山哲彦編
果てしなき逃走　ヨーゼフ・ロート　平田達治訳
暴力批判論 他十篇 —ベンヤミンの仕事1　ベンヤミン　野村修編訳
ボードレール 他五篇 —ベンヤミンの仕事2　ベンヤミン　野村修編訳
罪なき罪 —エフィ・ブリースト 全二冊　フォンターネ　加藤一郎訳
迷路　フォンターネ　伊藤武雄訳
ヴォイツェク・ダントンの死・レンツ　ビューヒナー　岩淵達治訳
聖者　マイエル　伊藤武雄訳

《フランス文学》

トリスタン・イズー物語　ベディエ編　佐藤輝夫訳
ヴィヨン全詩集　鈴木信太郎訳
日月両世界旅行記　シラノ・ド・ベルジュラック　赤木昭三訳
嘘つき男・舞台は夢　コルネイユ　岩瀬孝　井村順一訳
ラ・ロシュフコー箴言集　二宮フサ訳
フェードル・アンドロマック　ラシーヌ　渡辺守章訳
ブリタニキュス・ベレニス　ラシーヌ　渡辺守章訳

女房学校 他二篇　モリエール　辰野隆　鈴木力衛訳
タルチュフ　モリエール　鈴木力衛訳
ドン・ジュアン —石像の宴　モリエール　鈴木力衛訳
孤客(ミザントロオプ)　モリエール　辰野隆訳
いやいやながら医者にされ　モリエール　鈴木力衛訳
町人貴族　モリエール　鈴木力衛訳
守銭奴　モリエール　鈴木力衛訳
スカパンの悪だくみ　モリエール　鈴木力衛訳
病は気から　モリエール　鈴木力衛訳
完訳ペロー童話集　新倉朗子訳
ラ・フォンテーヌ寓話 全二冊　今野一雄訳
カラクテール —当世風俗誌 全三冊　ラ・ブリュイエール　関根秀雄訳
偽りの告白　マリヴォー　鈴木力衛訳
贋の侍女・愛の勝利　マリヴォー　佐藤実枝　井村順一訳
カンディード 他五篇　ヴォルテール　植田祐次訳
マノン・レスコー　アベ・プレヴォ　河盛好蔵訳
ジル・ブラース物語 全四冊　ル・サージュ　杉捷夫訳

フィガロの結婚　ボオマルシェエ　辰野隆訳
セビーリャの理髪師　ボーマルシェ　鈴木康司訳
危険な関係 全二冊　ラクロ　伊吹武彦訳
美味礼讃 全二冊　ブリア・サヴァラン　関根秀雄・戸部松実訳
アドルフ　コンスタン　大塚幸男訳
赤と黒 全二冊　スタンダール　桑原武夫・生島遼一訳
パルムの僧院 全二冊　スタンダール　生島遼一訳
カストロの尼 他二篇　スタンダール　桑原武夫訳
アンリ・ブリュラールの生涯 全二冊　スタンダール　桑原武夫・生島遼一訳
知られざる傑作 他五篇　バルザック　水野亮訳
暗黒事件 全二冊　バルザック　水野亮訳
谷間のゆり　バルザック　宮崎嶺雄訳
「絶対」の探求　バルザック　水野亮訳
ゴリオ爺さん 全二冊　バルザック　高山鉄男訳
ゴプセック・毬打つ猫の店　バルザック　芳川泰久訳
レ・ミゼラブル 全四冊　ユーゴー　豊島与志雄訳
死刑囚最後の日　ユーゴー　豊島与志雄訳

ライン河幻想紀行　ユーゴー　榊原晃三編訳
モンテ・クリスト伯　全七冊　アレクサンドル・デュマ　山内義雄訳
三銃士　全二冊　デュマ　生島遼一訳
カルメン　メリメ　杉捷夫訳
愛の妖精（プチット・ファデット）　ジョルジュ・サンド　宮崎嶺雄訳
フランス田園伝説集　ジョルジュ・サンド　篠田知和基訳
笛師のむれ　全二冊　ジョルジュ・サンド　宮崎嶺雄訳
ボオドレール悪の華　鈴木信太郎訳
パリの憂愁　ボードレール　福永武彦訳
ボヴァリー夫人　全二冊　フローベール　伊吹武彦訳
感情教育　全二冊　フローベール　生島遼一訳
椿姫　デュマ・フィス　吉村正一郎訳
陽気なタルタラン　—タルタラン・ド・タラスコン　ドーデー　小川泰一訳
プチ・ショーズ　—ある少年の物語　ドーデ　原千代海訳
エピクロスの園　アナトール・フランス　大塚幸男訳
ジェルミナール　全三冊　エミール・ゾラ　安士正夫訳
氷島の漁夫　ピエール・ロチ　吉氷清訳

お菊さん　ピエル・ロチ　野上豊一郎訳
ノア・ノア　ポール・ゴーガン　前川堅市訳
脂肪のかたまり　モーパッサン　高山鉄男訳
口髭・宝石　他五篇　モーパッサン　木村庄三郎訳
モーパッサン短篇選　高山鉄男編訳
地獄の季節　ランボオ　小林秀雄訳
にんじん　ルナアル　岸田国士訳
博物誌　ルナール　辻昶訳
ジャン・クリストフ　全四冊　ロマン・ローラン　豊島与志雄訳
ベートーヴェンの生涯　ロマン・ロラン　片山敏彦訳
背徳者　アンドレ・ジイド　川口篤訳
狭き門　アンドレ・ジイド　川口篤訳
コンゴ紀行　アンドレ・ジイド　河盛好蔵訳
続コンゴ紀行　—チャド湖より還る　アンドレ・ジイド　杉捷夫訳
ヴァレリー詩集　鈴木信太郎訳
ムッシュー・テスト　ポール・ヴァレリー　清水徹訳
エウパリノス・魂と舞踏・樹についての対話　ポール・ヴァレリー　清水徹訳

シラノ・ド・ベルジュラック　ロスタン　辰野隆・鈴木信太郎訳
恐るべき子供たち　コクトー　鈴木力衛訳
地底旅行　ジュール・ヴェルヌ　朝比奈弘治訳
八十日間世界一周　ジュール・ヴェルヌ　鈴木啓二訳
海底二万里　全二冊　ジュール・ヴェルヌ　朝比奈美知子訳
プロヴァンスの少女（ミレイユ）　ミストラル　杉冨士雄訳
結婚十五の歓び　新倉俊一訳
歌物語 オーカッサンとニコレット　川本茂雄訳
キャピテン・フラカス　全三冊　ゴーティエ　田辺貞之助訳
モーパン嬢　全二冊　ゴーティエ　井村実名子訳
家なき娘（アン ファミーユ）　全二冊　エクトル・マロ　津田穣訳
パリの夜　—革命下の民衆　レチフ・ド・ラ・ブルトンヌ　植田祐次編訳
シェリ　コレット　工藤庸子訳
ノディエ幻想短篇集　篠田知和基編訳
フランス短篇傑作選　山田稔編訳
シュルレアリスム宣言・溶ける魚　アンドレ・ブルトン　巌谷國士訳
ナジャ　アンドレ・ブルトン　巌谷國士訳

《東洋文学》

王維詩集　小川環樹・都留春雄・入谷仙介 選訳
杜詩 全八冊　鈴木虎雄・黒川洋一 訳註
杜甫詩選　黒川洋一 編
李白詩選　松浦友久 編訳
李長吉歌詩集 全二冊　鈴木虎雄 注解
蘇東坡詩選　小川環樹・山本和義 選訳
陶淵明全集 全二冊　松枝茂夫・和田武司 訳注
唐詩選 全三冊　前野直彬 注解
玉台新詠集 全三冊　鈴木虎雄 訳解
完訳 三国志 全八冊　小川環樹・金田純一郎 訳
金瓶梅 全十冊　小野忍・千田九一 訳
完訳 水滸伝 全十冊　吉川幸次郎・清水茂 訳
紅楼夢 全十二冊　曹雪芹・高蘭墅 補・松枝茂夫 訳
西遊記 全十冊　中野美代子 訳
杜牧詩選　松浦友久・植木久行 編訳
菜根譚　洪自誠・今井宇三郎 訳注

阿Q正伝・狂人日記 他十二篇　魯迅・竹内好 訳
魯迅評論集　竹内好 編訳
駱駝祥子 —らくだのシアンツ　老舎・立間祥介 訳
笑府 —中国笑話集 全二冊　馮夢竜 撰・松枝茂夫 訳
中国名詩選 全三冊　松枝茂夫 編
遊仙窟　張文成・今村与志雄 訳
通俗古今奇観 —付 月下清談　淡済主人・青木正児 校註
結婚狂詩曲(囲城) 全二冊　銭鍾書・荒井健・中島長文・中島みどり 訳
聊斎志異 全二冊　蒲松齢・立間祥介 編訳
陸游詩選　一海知義 編
李商隠詩選　川合康三 選訳
リグ・ヴェーダ讃歌　辻直四郎 訳
タゴール詩集 (ギーターンジャリ)　タゴール・渡辺照宏 訳
シャクンタラー姫　カーリダーサ・辻直四郎 訳
公女マーラヴィカーとアグニミトラ王 他一篇　カーリダーサ・大地原豊 訳
マハーバーラタ ナラ王物語 —ダマヤンティー姫の数奇な生涯　鎧淳 訳
バガヴァッド・ギーター　上村勝彦 訳

朝鮮童謡選　金素雲 訳編
朝鮮詩集　金素雲 訳編
朝鮮短篇小説選 全二冊　大村益夫・長璋吉・三枝壽勝 編訳
アイヌ神謡集　知里幸惠 編訳

《ギリシア・ラテン文学》

ホメロス イリアス 全二冊　松平千秋 訳
ホメロス オデュッセイア 全二冊　松平千秋 訳
イソップ寓話集　中務哲郎 訳
アイスキュロス アガメムノーン　久保正彰 訳
アンティゴネー　ソポクレース・呉茂一 訳
ソポクレス オイディプス王　藤沢令夫 訳
ソポクレス コロノスのオイディプス　高津春繁 訳
ヘシオドス 神統記　廣川洋一 訳
ヘーシオドス 仕事と日　松平千秋 訳
女の平和 —リューシストラテー　アリストパネース・高津春繁 訳
アポロドーロス ギリシア神話　高津春繁 訳
神々の対話 他六篇　ルキアーノス・呉茂一・山田潤二 訳

ギリシア・ローマ抒情詩選 —花冠— 呉茂一訳
オウィディウス 変身物語 全二冊 中村善也訳
恋愛指南 —アルス・アマトリア— オウィディウス 沓掛良彦訳
ギリシア・ローマ神話 —付 インド・北欧神話— ブルフィンチ 野上弥生子訳
ギリシア・ローマ名言集 柳沼重剛編
ギリシア恋愛小曲集 中務哲郎訳

《南北ヨーロッパ他文学》

ダンテ 神曲 全三冊 山川丙三郎訳
ダンテ 新生 山川丙三郎訳
死の勝利 全二冊 ダヌンツィオ 野上素一訳
カヴァレリーア・ルスティカーナ 他十一篇 ヴェルガ 河島英昭訳
イタリア民話集 全二冊 河島英昭編訳
むずかしい愛 カルヴィーノ 和田忠彦訳
パロマー カルヴィーノ 和田忠彦訳
ペトラルカ ルネサンス書簡集 近藤恒一編訳
わが秘密 ペトラルカ 近藤恒一訳
ペトラルカ＝ボッカッチョ往復書簡 近藤恒一編訳

故郷 パヴェーゼ 河島英昭訳
美しい夏 パヴェーゼ 河島英昭訳
シチリアでの会話 ヴィットリーニ 鷲平京子訳
山猫 トマージ・ディ・ランペドゥーサ 小林惺訳
ラサリーリョ・デ・トルメスの生涯 会田由訳
ドン・キホーテ 全六冊 セルバンテス 牛島信明訳
セルバンテス短篇集 牛島信明編訳
三角帽子 他二篇 アラルコン 会田由訳
緑の瞳・月影 他十二篇 ベッケル 高橋正武訳
恐ろしき媒 ホセ・エチェガライ 永田寛定訳
三大悲劇集 血の婚礼 他二篇 ガルシーア・ロルカ 牛島信明訳
エル・シードの歌 長南実訳
プラテーロとわたし J.R.ヒメーネス 長南実訳
オルメードの騎士 ロペ・デ・ベガ 長南実訳
完訳 アンデルセン童話集 全七冊 大畑末吉訳
即興詩人 全二冊 アンデルセン 大畑末吉訳
絵のない絵本 アンデルセン 大畑末吉訳

フィンランド叙事詩 カレワラ 全二冊 リョンロット編 小泉保訳
イプセン 人形の家 原千代海訳
イプセン 幽霊 原千代海訳
イプセン ヘッダ・ガーブレル 原千代海訳
ポルトガリヤの皇帝さん ラーゲルレーヴ イシガオサム訳
アルプスの山の娘（ハイヂ） ヨハンナ・スピリ 野上弥生子訳
クオ・ワディス 全三冊 シェンキェーヴィチ 木村彰一訳
兵士シュヴェイクの冒険 全四冊 ハシェク 栗栖継訳
山椒魚戦争 カレル・チャペック 栗栖継訳
ロボット（R・U・R） チャペック 千野栄一訳
オルトゥタイ ハンガリー民話集 徳永康元・石本礼子・岩崎悦子・粂栄美子編訳
灰とダイヤモンド 全二冊 アンジェイェフスキ 川上洸訳
完訳 千一夜物語 全十三冊 豊島与志雄・渡辺一夫・佐藤正彰・岡部正孝訳
ルバイヤート オマル・ハイヤーム 小川亮作訳
中世騎士物語 ブルフィンチ 野上弥生子訳
コルタサル短篇集 悪魔の涎・追い求める男 他八篇 木村榮一訳
伝奇集 J.L.ボルヘス 鼓直訳

アフリカ農場物語 全二冊　オリーヴ・シュライナー　大井真理子・都築忠七訳

《ロシア文学》

パナーエフ 文学的回想 全二冊　井上満訳
オネーギン　プーシキン　池田健太郎訳
スペードの女王・ベールキン物語　プーシキン　神西清訳
大尉の娘　プーシキン　神西清訳
プーシキン詩集　金子幸彦訳
狂人日記 他二篇　ゴーゴリ　横田瑞穂訳
外套・鼻　ゴーゴリ　平井肇訳
死せる魂 全三冊　ゴーゴリ　平井肇・横田瑞穂訳
オブローモフ 全三冊　ゴンチャロフ　米川正夫訳
現代の英雄　レールモントフ　中村融訳
ロシヤは誰に住みよいか　ネクラーソフ　谷耕平訳
デカブリストの妻　ネクラーソフ　谷耕平訳
二重人格　ドストエフスキー　小沼文彦訳
罪と罰 全三冊　ドストエフスキー　江川卓訳
白痴 全二冊　ドストエーフスキイ　米川正夫訳

ドストエフスキー 妻への手紙 全二冊　谷耕平訳
カラマーゾフの兄弟 全四冊　ドストエーフスキイ　米川正夫訳
家族の記録　アクサーコフ　黒田辰男訳
釣魚雑筆　アクサーコフ　貝沼一郎訳
アンナ・カレーニナ 全三冊　トルストイ　中村融訳
少年時代　トルストイ　藤沼貴訳
戦争と平和 全六冊　トルストイ　藤沼貴訳
民話集 人はなんで生きるか 他四篇　トルストイ　中村白葉訳
民話集 イワンのばか 他八篇　トルストイ　中村白葉訳
イワン・イリッチの死　トルストイ　米川正夫訳
紅い花 他四篇　ガルシン　神西清訳
ワーニャおじさん　チェーホフ　小野理子訳
可愛い女・犬を連れた奥さん 他一篇　チェーホフ　神西清訳
桜の園　チェーホフ　小野理子訳
カシタンカ・ねむい 他七篇　チェーホフ　神西清訳
悪い仲間・マカールの夢 他一篇　コロレンコ　中村融訳
どん底　ゴーリキイ　中村白葉訳

芸術におけるわが生涯 全三冊　スタニスラフスキー　蔵原惟人・江川卓訳
イワン・デニーソヴィチの一日　ソルジェニーツィン　染谷茂訳
ソルジェニーツィン短篇集　木村浩編訳
ゴロヴリョフ家の人々 全二冊　シチェードリン　湯浅芳子訳
何をなすべきか 全二冊　チェルヌイシェーフスキイ　金子幸彦訳
真珠の首飾り 他二篇　レスコーフ　神西清訳
われら　ザミャーチン　川端香男里訳

《イギリス文学》

ユートピア　トマス・モア　平井正穂訳
完訳カンタベリー物語　全三冊　チョーサー　桝井迪夫訳
ヴェニスの商人　シェイクスピア　中野好夫訳
ジュリアス・シーザー　シェイクスピア　中野好夫訳
お気に召すまま　シェイクスピア　阿部知二訳
十二夜　シェイクスピア　小津次郎訳
ハムレット　シェイクスピア　野島秀勝訳
オセロウ　シェイクスピア　菅泰男訳
リア王　シェイクスピア　野島秀勝訳
マクベス　シェイクスピア　木下順二訳
ソネット集　シェイクスピア　高松雄一訳
ロミオとジューリエット　シェイクスピア　平井正穂訳
リチャード三世　シェイクスピア　木下順二訳
対訳シェイクスピア詩集 ―イギリス詩人選(1)　柴田稔彦編
じゃじゃ馬馴らし　シェイクスピア　大場建治訳
言論・出版の自由 ―アレオパジティカ 他一篇　ミルトン　原田純訳

失楽園　全二冊　ミルトン　平井正穂訳
ロビンソン・クルーソー　全二冊　デフォー　平井正穂訳
モル・フランダーズ　全二冊　デフォー　伊澤龍雄訳
ガリヴァー旅行記　スウィフト　平井正穂訳
ジョウゼフ・アンドルーズ　全二冊　フィールディング　朱牟田夏雄訳
バーンズ詩集　中村為治訳
カイン　バイロン　島田謹二訳
対訳バイロン詩集 ―イギリス詩人選(8)　笠原順路編
対訳ブレイク詩集 ―イギリス詩人選(4)　松島正一編
ワーズワース詩集　田部重治選訳
対訳ワーズワス詩集 ―イギリス詩人選(3)　山内久明編
湖の麗人　スコット　入江直祐訳
キプリング短篇集　橋本槙矩編訳
対訳コウルリッジ詩集 ―イギリス詩人選(7)　上島建吉編
高慢と偏見　全二冊　ジェーン・オースティン　富田彬訳
説きふせられて　ジェーン・オースティン　富田彬訳
エマ　全二冊　ジェーン・オースティン　工藤政司訳

ジェイン・オースティンの手紙　新井潤美編訳
シェイクスピア物語　全二冊　チャールズ・ラム　メアリー・ラム　安藤貞雄訳
イノック・アーデン　テニスン　入江直祐訳
イン・メモリアム　テニスン　入江直祐訳
対訳テニスン詩集 ―イギリス詩人選(5)　西前美巳編
虚栄の市　全四冊　サッカリー　中島賢二訳
デイヴィッド・コパフィールド　全五冊　ディケンズ　石塚裕子訳
ディケンズ短篇集　小池滋　石塚裕子訳
オリヴァ・ツウィスト　全二冊　ディケンズ　本多季子訳
ボズのスケッチ　全二冊　ディケンズ　藤岡啓介訳
アメリカ紀行　全二冊　ディケンズ　伊藤弘之　下笠徳次　隈元貞広訳
ジェイン・エア　全二冊　シャーロット・ブロンテ　遠藤寿子訳
嵐が丘　全二冊　エミリー・ブロンテ　河島弘美訳
エゴイスト　全二冊　メレディス　朱牟田夏雄訳
サイラス・マーナー　ジョージ・エリオット　土井治訳
アルプス登攀記　全二冊　ウィンパー　浦松佐美太郎訳
アンデス登攀記　全二冊　ウィンパー　大貫良夫訳

- テス 全二冊　ハーディ　井上宗次・石田英二訳
- はるかな国 とおい昔　ハドソン　寿岳しづ訳
- 宝島　スティーヴンスン　阿部知二訳
- ジーキル博士とハイド氏　スティーヴンスン　海保眞夫訳
- 新アラビヤ夜話　スティーヴンスン　佐藤緑葉訳
- 怪談 —不思議なことの物語と研究　ラフカディオ・ハーン　平井呈一訳
- 心 —日本の内面生活の暗示と影響　ラフカディオ・ハーン　平井呈一訳
- ドリアン・グレイの画像　ワイルド　西村孝次訳
- サロメ　オスカー・ワイルド　福田恆存訳
- ヘンリ・ライクロフトの私記　ギッシング　平井正穂訳
- 南イタリア周遊記　ギッシング　小池滋訳
- 闇の奥　コンラッド　中野好夫訳
- 西欧人の眼に 全二冊　コンラッド　中島賢二訳
- コンラッド短篇集　中島賢二編訳
- アラン島　シング　姉崎正見訳
- 月と六ペンス　モーム　行方昭夫訳
- 読書案内 —世界文学　W・S・モーム　西川正身訳

- 世界の十大小説 全二冊　W・S・モーム　西川正身訳
- 人間の絆 全三冊　モーム　行方昭夫訳
- サミング・アップ　モーム　行方昭夫訳
- モーム短篇選 全二冊　行方昭夫編訳
- アシェンデン —英国情報部員のファイル　モーム　中島賢二・岡田久雄訳
- ダブリンの市民　ジョイス　結城英雄訳
- 若い芸術家の肖像　ジョイス　大澤正佳訳
- 文芸批評論　T・S・エリオット　矢本貞幹訳
- 対訳 キーツ詩集 —イギリス詩人選(10)　宮崎雄行編
- ギャスケル短篇集　松岡光治編訳
- 阿片常用者の告白　ド・クインシー　野島秀勝訳
- 深き淵よりの嘆息 —『阿片常用者の告白』続篇　ド・クインシー　野島秀勝訳
- りんごの木・人生の小春日和　ゴールズワージー　河野一郎訳
- 20世紀イギリス短篇選 全二冊　小野寺健編訳
- ローソン短篇集　伊澤龍雄編訳
- イギリス名詩選　平井正穂編
- 中世イギリス英雄叙事詩 ベーオウルフ　忍足欣四郎訳

- タイム・マシン 他九篇　H・G・ウエルズ　橋本槙矩訳
- モロー博士の島 他九篇　H・G・ウエルズ　橋本槙矩・鈴木万里訳
- トーノ・バンゲイ 全二冊　ウエルズ　中西信太郎訳
- 解放された世界　H・G・ウエルズ　浜野輝訳
- 大転落　イーヴリン・ウォー　富山太佳夫訳
- 回想のブライズヘッド 全二冊　イーヴリン・ウォー　小野寺健訳
- 果てしなき旅 全二冊　E・M・フォースター　高橋和久訳
- 白衣の女 全三冊　ウィルキー・コリンズ　中島賢二訳
- 夢の女・恐怖のベッド 他六篇　ウィルキー・コリンズ　中島賢二訳
- さらば古きものよ 全二冊　ロバート・グレーヴズ　工藤政司訳
- アイルランド短篇選　橋本槙矩編訳
- ピーター・シムプル 全三冊　マリアット　伊藤俊男訳
- 完訳 ナンセンスの絵本　エドワード・リア　柳瀬尚紀訳
- 対訳 ブラウニング詩集 —イギリス詩人選(6)　富士川義之編
- 灯台へ　ヴァージニア・ウルフ　御輿哲也訳
- 世の習い　コングリーヴ　笹山隆訳
- 曖昧の七つの型 全二冊　ウィリアム・エンプソン　岩崎宗治訳

- 夜の来訪者　プリーストリー　安藤貞雄訳
- イングランド紀行　全二冊　プリーストリー　橋本槙矩訳
- アーネスト・ダウスン作品集　南條竹則編訳
- スコットランド紀行　エドウィン・ミュア　橋本槙矩訳
- 狐になった奥様　ガーネット　安藤貞雄訳
- ヘリック詩鈔　森　亮訳
- フランク・オコナー短篇集　阿部公彦訳
- たいした問題じゃないが —イギリス・コラム傑作選　行方昭夫編訳

《アメリカ文学》

- フランクリン自伝　松本慎一・西川正身訳
- アルハンブラ物語　全二冊　アーヴィング　平沼孝之訳
- ウォルター・スコット邸訪問記　アーヴィング　斎藤　昇訳
- 完訳 緋文字　ホーソーン　八木敏雄訳
- ホーソン短篇集 七人の風来坊 他四篇　福原麟太郎訳
- 黒猫・モルグ街の殺人事件 他五篇　ポオ　中野好夫訳
- 対訳 ポー詩集 —アメリカ詩人選(1)　加島祥造編
- 黄金虫・アッシャー家の崩壊 他九篇　ポオ　八木敏雄訳
- ユリイカ　ポオ　八木敏雄訳
- 森の生活（ウォールデン）　全二冊　ソロー　飯田　実訳
- 白鯨　全三冊　メルヴィル　八木敏雄訳
- ホイットマン詩集 草の葉　全三冊　ホイットマン　酒本雅之訳
- 対訳 ホイットマン詩集 —アメリカ詩人選(2)　木島　始編
- 対訳 ディキンソン詩集 —アメリカ詩人選(3)　亀井俊介編
- 不思議な少年　マーク・トウェイン　中野好夫訳
- 王子と乞食　マーク・トウェーン　村岡花子訳
- 人間とは何か　マーク・トウェイン　中野好夫訳
- ハックルベリー・フィンの冒険　全二冊　マーク・トウェイン　西田　実訳
- バック・ファンショーの葬式 他十三篇　マーク・トウェイン　坂下　昇訳
- 新編 悪魔の辞典　ビアス　西川正身編訳
- ヘンリー・ジェイムズ短篇集　大津栄一郎編訳
- ある婦人の肖像　全三冊　ヘンリー・ジェイムズ　行方昭夫訳
- ねじの回転 デイジー・ミラー　ヘンリー・ジェイムズ　行方昭夫訳
- 大使たち　全二冊　ヘンリー・ジェイムズ　青木次生訳
- 荒野の呼び声　ジャック・ロンドン　海保眞夫訳
- シカゴ詩集　サンドバーグ　安藤一郎訳
- 本町通り　全三冊　シンクレア・ルイス　斎藤忠利訳
- 大地　全四冊　パール・バック　小野寺健訳
- 響きと怒り　全二冊　フォークナー　平石貴樹・新納卓也訳
- 日はまた昇る　ヘミングウェイ　谷口陸男訳
- 怒りのぶどう　全三冊　スタインベック　大橋健三郎訳
- オー・ヘンリー傑作選　大津栄一郎訳
- 黒人のたましい　W.E.B.デュボイス　木島　始・鮫島重俊・黄　寅秀訳
- アメリカ名詩選　亀井俊介・川本皓嗣編
- 20世紀アメリカ短篇選　全二冊　大津栄一郎編訳
- 開拓者たち　全二冊　クーパー　村山淳彦訳

《歴史・地理》

- 新訂 魏志倭人伝・後漢書倭伝・宋書倭国伝・隋書倭国伝 —中国正史日本伝1　石原道博編訳
- 新訂 旧唐書倭国日本伝・宋史日本伝・元史日本伝 —中国正史日本伝2　石原道博編訳
- ヘロドトス 歴史 全三冊　松平千秋訳
- トゥーキュディデース 戦史 全三冊　久保正彰訳
- ガリア戦記　カエサル　近山金次訳
- タキトゥス ゲルマーニア　泉井久之助訳註
- 元朝秘史 全二冊　小澤重男訳
- 政治問答 他一篇　ランケ　相原信作訳
- 古代への情熱 —シュリーマン自伝　村田数之亮訳
- 一外交官の見た明治維新 全二冊　アーネスト・サトウ　坂田精一訳
- ベルツの日記 全二冊　トク・ベルツ編　菅沼竜太郎訳
- インディアスの破壊についての簡潔な報告　ラス・カサス　染田秀藤訳
- ラス・カサス インディアス史 全七冊　長南実訳　石原保徳編
- コロンブス航海誌　林屋永吉訳
- 偉大なる道 —朱徳の生涯とその時代 全二冊　アグネス・スメドレー　阿部知二訳
- 戊辰物語　東京日日新聞社会部編
- 大森貝塚 —付 関連史料　E・S・モース　近藤義郎・佐原真編訳
- 中世的世界の形成　石母田正
- クリオの顔 —歴史随想集　E・H・ノーマン　大窪愿二編訳
- 日本における近代国家の成立　E・H・ノーマン　大窪愿二訳
- 旧事諮問録 —江戸幕府役人の証言 全二冊　旧事諮問会編　進士慶幹校注
- ローマ皇帝伝 全二冊　スエトニウス　国原吉之助訳
- 回想の明治維新 —一ロシア人革命家の手記　メーチニコフ　渡辺雅司訳
- アリランの歌 —ある朝鮮人革命家の生涯　ニム・ウェールズ　キム・サン　松平いを子訳
- インカの反乱 —被征服者の声　ティトゥ・クシ・ユパンギ述　染田秀藤訳
- 北京年中行事記　清 敦崇編　小野勝年訳註
- 紫禁城の黄昏　R・F・ジョンストン　入江曜子・春名徹訳
- シルクロード 全二冊　ヘディン　福田宏年訳
- さまよえる湖 全二冊　ヘディン　福田宏年訳
- 老松堂日本行録 —朝鮮使節の見た中世日本　宋希璟　村井章介校注
- 崇高なる者 —一九世紀パリ民衆生活誌　ドニ・プロ　見富尚人訳
- ヨーロッパ文化と日本文化　ルイス・フロイス　岡田章雄訳注
- ギリシア案内記 全二冊　パウサニアス　馬場恵二訳
- 十八世紀ヨーロッパ監獄事情　ジョン・ハワード　川北稔・森本真美訳
- 東京に暮す —一九二八～一九三六　キャサリン・サンソム　大久保美春訳
- 増補 幕末百話　篠田鉱造
- 明治百話 全二冊　篠田鉱造
- 日本中世の村落　清水三男　大山喬平・馬田綾子校注
- ガレー船徒刑囚の回想　ジャン・マルテーユ　木崎喜代治訳
- 一七八九年—フランス革命序論　G・ルフェーヴル　高橋幸八郎・柴田三千雄・遅塚忠躬訳
- 革命的群衆　G・ルフェーヴル　二宮宏之訳
- 西洋事物起原 全四冊　ヨハン・ベックマン　特許庁内技術史研究会訳
- 日本滞在日記 —一八〇四—一八〇五　レザーノフ　大島幹雄訳
- 歴史序説 全四冊　イブン＝ハルドゥーン　森本公誠訳
- ムガル帝国誌 全二冊　ベルニエ　関美奈子・倉田信子訳
- アレクサンドロス大王東征記 全二冊　アッリアノス　大牟田章訳
- 雍州府志 —近世京都案内 全二冊　黒川道祐　宗政五十緒校訂
- クック 太平洋探検 全六冊　増田義郎訳
- ダンピア 最新世界周航記 全二冊　平野敬一訳
- 高麗史日本伝 —朝鮮正史日本伝2 全二冊　武田幸男編訳

岩波文庫の最新刊

小林多喜二

防雪林・不在地主

秋味《あきあじ》(鮭)の密漁、不作の冬――未定稿「防雪林」の主題を展開、小作争議と都会の搾取を暴く「不在地主」。貧困と正義を問う魂の北海道小説。(解説＝江口渙・島村輝) 〔緑八八-三〕 定価七九八円

ディケンズ／伊藤弘之、下笠徳次、隈元貞広訳

イタリアのおもかげ

ディケンズ(一八一二-七〇)ならではの観察眼が発揮された、臨場感あふれるイタリア紀行。『アメリカ紀行』の姉妹編。一八四六年刊。本邦初訳。 〔赤二二九-八〕 定価九八七円

A・ジュリアーニ編／鷲平京子訳

タッソ **エルサレム解放**

十字軍の勝利と聖地エルサレムの解放をうたう、イタリア・バロック文学最大の詩人トルクァート・タッソ(一五四四-九五)の長篇英雄叙事詩(抄)。 〔赤七一〇-二〕 定価一一九七円

サルトル／海老坂武、澤田直訳

自由への道 (四)

戦争か平和か――高まる緊張。召集兵は動員先に向かい、ミュンヘン会談が幕を開ける。一九三八年九月、この「猶予」の先に何があるのか? 第二部完。(全六冊) 〔赤N五〇八-四〕 定価一〇七一円

……今月の重版再開……

鈴木棠三編

中世なぞなぞ集

定価一一三四円 〔黄一三〇-一〕

トルクァート・タッソ／鷲平京子訳

愛神の戯れ ―牧歌劇「アミンタ」―

定価七五六円 〔赤七一〇-一〕

幸田露伴

連環記 他一篇

定価四八三円 〔緑一二-九〕

松永昌三編

中江兆民評論集

定価一〇七一円 〔青一一〇-二〕

定価は消費税5%込です　2010. 4.

岩波文庫の最新刊

ル・クレジオ／豊崎光一訳
物質的恍惚
既知と未知の、生成と破壊の、誕生前と死後の円環的合一のなかで成就する裸形の詩《ポエジー》。ル・クレジオの思想と文学の根底を示す最重要作品。（解説＝今福龍太）
〔赤N五〇九‐一〕 定価九四五円

小林多喜二
独房・党生活者
監獄《プリズン》より愛をこめて！ 笑い満載のオムニバス「独房」。伏字に削除で満身創痍の遺作「党生活者」。共産党大弾圧時代、闘う多喜二の東京小説。（解説＝蔵原惟人・小森陽一）
〔緑八八‐四〕 定価五八八円

折口信夫
死者の書・口ぶえ
雫のつたう暗闇で目覚める「死者」。折口の比類ない言語感覚が織る古の物語は読む者の肌近く幻惑する。同題の草稿二篇、小説第一作「口ぶえ」を併録。（解説＝安藤礼二）
〔緑一八六‐二〕 定価六九三円

ポール・ヴァレリー／恒川邦夫訳
精神の危機 他十五篇
「精神の危機」で、第一次大戦後の西欧の没落に警鐘を鳴らし、「歴史」の見方に改変をせまったヴァレリー。人間における〈精神〉の意味を深く問い直す十六篇。
〔赤五六〇‐五〕 定価一〇七一円

……今月の重版再開……

薄田泣菫
茶話
〔緑三一‐二〕 定価六九三円

ラーゲルクヴィスト／尾崎義訳
バラバ
〔赤七五七‐一〕 定価五六七円

河野一郎編訳
ロレンス短篇集
〔赤二五七‐四〕 定価七五六円

服部之総
黒船前後 志士と経済 他十六篇
〔青一五三‐一〕 定価七五六円

ドライサー／村山淳彦訳
シスター・キャリー (上)(下)
〔赤三二一‐一・二〕 定価各一一三四円

定価は消費税5%込です

2010.5.